KB241306

하나의 촛불처럼

AI와 함께 빚어낸 아흔 해의 인생 여정

하나의 촛불처럼

이상성 지음

좋은땅

AI와 함께 지난 기억을 담아

자서전을 펴내며

어느 날 막내가 조심스럽게 말을 꺼냈다.

"아버지, 살아오신 삶의 여정을 책으로 남기시면 좋겠어요. 저희에게 길잡이가 될 만한 내용이 많을 테니, 힘드시더라도 구십 평생 살아오신 발자취를 정리해 주시면 좋겠습니다."

틈틈이 동시를 쓰고 잡지사에 글을 기고해 온 터라 글쓰기가 낯설지는 않았다. 하지만 막상 자신의 삶을 정리하여 책을 낸다는 것은 엄두가 나지 않았다.

'내 이야기가 뭐 그리 특별하다고…….' 하는 마음도 있었고, 침침해진 눈 때문에 '긴 글을 쓸 수 있을까?' 하는 걱정이 앞섰다.

"일단 조금이라도 써서 저에게 보내 주세요. 그럼 자신감이 생기실 거예요." 막내가 계속해서 용기를 북돋아 주었다.

어찌어찌 첫 번째 원고를 써서 막내에게 보냈더니, 한 시간이 채 지나지 않아 수정한 원고가 돌아왔다. 놀랍게도 글의 맛이 완전히 달라져 있었다.

"아니, 어떻게 이렇게 잘 고칠 수 있지?"라고 묻자,

"AI에게 '이 원고를 읽고 문장을 다듬고 표현을 매끄럽게 하되,

에피소드에 담긴 교훈과 감동에 대한 소회도 함께 써 달라.'고 요청하면 알아서 정리해 줘요."라고 막내가 웃으며 대답했다.

그러면서 막내는, 원래 내가 쓴 원문과 그 에피소드를 AI가 분석하여 교훈이 될 만한 내용을 소회 형식으로 다듬은 글을 나란히 실으면 더 의미가 있겠다는 의견을 내놓았다. 참 좋은 생각이었다.

그때부터 글 쓰는 것에 대한 망설임과 두려움이 사라졌고, 오히려 재미가 붙어 글 쓰는 속도도 빨라졌다. 그렇게 원고를 모두 마감할 수 있었고, 마지막으로 출판 경험이 있는 장남이 전체 순서와 문맥을 다듬어 책이 완성될 수 있었다.

나는 어린 시절을 일제의 혹독한 압박과 설움 속에서 보냈고, 학창 시절엔 자취하며 가정교사 일을 병행하면서도 3년 개근상을 받을 만큼 열심히 공부했다.

교직 생활은 '일촉(一燭)'의 신념으로 내 몸을 태워 가며 아이들의 어둠을 밝혔고, 제자들에게 정을 주고, 꿈을 주고, 혼을 불어넣었다.

교직에서 은퇴한 뒤에는 문화해설사, 박물관 도슨트 등 다양한 봉사활동을 하며 새로운 삶의 보람을 찾았다.

노년기에는 80세까지 청주 사직동 인근 산을 하루 1만 보 이상 걸으며 건강을 챙겼고, 90세가 된 지금도 하루 6천 보 정도 걷고, 당구를 즐기며 소일하고 있다.

되돌아보면 '힘든 일도 많았지만, 90년을 열심히 잘 살아왔구나.' 하는 생각이다.

마지막으로 책의 시작부터 완성까지 많은 정성을 쏟아 준 자식들과, 아직도 스승의 은혜를 잊지 않고 찾아오는 제자들에게 깊은 고마움을 전한다.

2026년 1월 29일
평생의 우여곡절을 숨김없이 담다

일촉(一燭) 이상성

일러두기

이 책의 본문은 각 파트마다 두 부분으로 구성되어 있다. 앞부분에는 내가 살아오며 겪었던 중요한 에피소드가 있고, 뒷부분에는 이 에피소드가 지닌 교훈과 감동 등을 AI(ChatGPT)의 도움을 받아 정리하였다
AI를 활용한 이러한 방식은 글쓰기에 익숙하지 않은 초보자들이 편리하게 활용할 수 있음은 물론, 기존 작가들도 유용하게 활용할 수 있을 것으로 생각한다.

프롤로그

'내가 이 세상을 떠난 후에도, 파란만장했던 90년의 인생 경험 속에 녹아 정리된 생각들이 조금이라도 세상에 보탬이 되면 좋겠다.'
그렇게 이 글은 시작되었다.

나는 열 살도 되기 전에 굶주림과 이별을 배웠고, 십 대에는 칼날 같은 현실 속에서도 배움을 포기하지 않았다. 스무 살이 되기도 전에, 나는 누군가의 희망이 되기 위해 교단에 섰고, 그곳에서 평생을 보내며 아이들의 바른 맘 고운 꿈을 정성껏 다졌다.

가난한 아이의 손을 잡고 입학금을 마련해 주던 어느 밤, 수학여행 사고 현장에서 정신을 잃은 제자를 안고 도로 위를 달리던 그 30분, 내 아들에게 매를 들고 후회로 자책하던 어느 퇴근길…. 그 모든 장면은 내 인생의 중요한 깨달음의 순간들이었다.

이제 나는 후회도, 미련도 남지 않는 나이가 되었고, 삶의 풍경이 어느 정도 정리된 지금에서야 비로소 마음을 꺼내어 말할 수 있게 되었다.

나는 위대한 인물도, 유명한 작가도 아니다. 그저 작은 시골 마을의 교사였고, 아버지였고, 어느 누군가의 곁을 지키려 애쓴 '한 사람'이었다.

그렇게 소박하게 흘러온 나의 이야기가 누구에겐가 따뜻한 바람처럼, 때론 뿌리 깊은 나무의 그림자처럼 잠시 머물다 가는 쉼표가 되어 주길 바란다.

누구나 자기가 걸어온 길을 돌아보며 '나는 어떤 사람이었는가?'를 스스로에게 물어보고, 후손과 후배들이 '우리는 어떤 삶을 살기를 바라는가?'를 고민하는 자극제가 되었으면 한다.

삶이란 결국, 무엇을 이루었느냐 보다 어떻게 살았느냐의 기억이라는 걸 이 글을 통해 조금은 느낄 수 있기를 바란다.

마지막으로 삶은 지극히 개인적이라도 누군가에게는 깊은 선물이 될 수 있다는 것을 언젠가는 이해할 것이라 믿으며, 내가 가장 사랑하는 가족들에게 파란만장했던 내 인생의 기록을 건넨다.

목차

AI와 함께 지난 기억을 담아 자서전을 펴내며   005

프롤로그   008

1부
감나무 아래에서 시작된 삶   013

출생과 일제 강점기 시절 – 어린 날의 감나무 아래   014

초등학교 시절 – 조선말을 했다는 이유 하나로   017

아버지 대신 간 보국대   020

청산으로 이사   024

중학교 시절, 배움에 대한 의지   027

사범학교 시절의 불꽃과 양심   032

군대에서 만난 동서, 천운 같은 인연   036

2부
아이들의 눈빛으로 살아온 날들   043

첫 발령 그리고 '일촉(一燭)'의 다짐   044

모교 교가를 만들다   046

한 사람의 길을 열어 주다   050

수학여행 버스사고 – 사랑으로 길어 올린 생명   054

글짓기 지도 – 아이들의 마음 속 문장의 힘　059

학급은 작은 공동체　064

종아리에 맺힌 상처 – 나무처럼 자라난 아이　067

교대 부설초 앞의 망설임　071

뜬금없이 내려온 교감 지명 시험대상자　076

첫 교감, 제천 괴곡초 – 함께하는 마을 공동체 속의 학교　078

괴산 신풍초 – 긍정적으로 적극적으로　083

첫 교장, 영동 화곡초 – 열린 교육의 슬로건 아래　087

산타할아버지가 되다 – 교육은 '마음의 방식'을 전하는 일　092

포도 축제 운동회 – 지역과 학교가 어우러지다　096

영동 부용초 – 교육은 말이 아니라 장면으로 기억된다　100

금붕어 묘 – 금붕어가 남긴 마음의 교육　104

아이는 다듬어진 분재가 아니다　108

공간은 건축이 아니라 철학으로 완성된다　112

교육장 연수 – 마침표가 아닌 느낌표로 남은 배움의 시간　115

한국교육자대상 – 한평생 뿌린 씨앗에 꽃이 피다　119

정년퇴임 – 물러난 자리에는 흔적이 남는다　126

훈장을 받다　129

3부

삶을 비추는 또 하나의 길, 봉사　133

글 한 줄로 세상을 밝히는 글밭 공동체 – 충북글짓기지도회　134

문화관광 해설사로 산 18년　144

청주 고인쇄박물관 20년 봉사활동 - 해설 도슨트　156

지역을 위한 사랑의 실천 - 또 다른 봉사활동 이야기　163

청산에 살리라 - 노래에 담은 고향 사랑　171

4부

묵묵히 흔들림 없이 나를 지켜 준 가족과 제자들　177

결혼, 그림자처럼 내 곁을 지켜 준 사람　178

사라지지 않는 온기 속에 그리움만 남았다　183

정운 가족 - 수련회로 다지는 끈끈한 가족 연대　187

나만의 건강 관리 - 일상의 성실함으로 지켜온 삶의 리듬　196

기억나는 제자들　203

5부

세월이 준 삶의 가르침　223

후손에게 남기는 말　224

일촉십훈(一燭十訓)　232

에필로그　240

1부
—

감나무 아래에서
시작된 삶

출생과 일제 강점기 시절
- 어린 날의 감나무 아래

나는 1936년 8월 19일, 충북 영동 봉현리에서 태어났다. 3남 2녀 중 장남이었다.

어머니께서는 그날 하늘이 유난히도 맑았다고 하셨다.

어린 시절, 우리 집은 농사를 지었지만, 정작 우리가 먹을 곡식은 늘 모자랐다. 일제강점기였다. 힘들게 거둔 수확은 '공출'이라는 이름 아래 모두 빼앗겼고, 남은 건 칡뿌리와 감나무 밑의 감 몇 알뿐이었다. 아침 식사 대신, 나는 감나무 아래를 돌았다.

홍시라도 주우면 그게 밥이었고, 아버지는 새벽이면 마을을 돌아다니며 쇠똥과 개똥을 주워 거름을 만들었다. 그 모습이, 내겐 아버지의 하루를 여는 '기도' 같았다.

겨울이 오면 집안엔 짚이 부족했다. 일제가 배당한 가마니 수를 채워야 했기 때문에 짚이 모자라면 지붕의 이엉을 풀어야 했다. 그래서 비만 오면 천정이 새서 지붕에 짚 대신 억새로 만든 이엉을 올렸고 이렇게 반복되는 일상은 '생존을 위한 싸움'이었다.

하지만 이상하게도 그 시절을 떠올리면 따뜻하다. 가난했지만 정이 있었고, 배고팠지만 나눌 줄 알았다. 세상의 모서리가 뾰족

했던 시절에도 우리 가족은 서로의 등을 밀어 주며 살아갔다.

 ## 가난은 등을 돌리게 하기보다, 서로의 지붕이 되게 했다

돌이켜보면 나는 너무나도 부족한 시대에 태어났다. 아니, 부족함 그 자체가 시대의 공기 같았던 때였다. 하지만 참 이상한 일이다. 그 척박한 삶이 마음속엔 따뜻한 온기로 남아 있다.

감나무 아래에서 감을 밥 대신 주워 먹던 날들. 아버지가 새벽마다 마을을 돌며 거름을 모으던 그 장면. 그 모든 풍경은 궁핍의 기록이면서도 동시에 사랑과 책임이라는 말로 밖에 설명할 수 없는 삶의 기도였다.

아버지의 손끝에서 흙 냄새와 함께 배어난 건 생계를 위한 수고였지만, 나에게는 세상을 버티는 방식이자 사람이 살아가는 태도였다.

짚이 모자라 지붕의 이엉을 풀던 겨울날의 기억도 그렇다. 가난은 언제나 우리의 등을 밀었다. 하지만 우리는 가난으로 밀린 등 사이 비어 있는 자리를 서로의 온기로 채워 갔다. 짚 한 줌 없던 집 안에서도 사람 사이엔 여전히 따뜻함이 있었다.

나는 그 시절을 통해 깨달았다. 사람을 단단하게 만드는 건 풍요가 아니라 결핍이라는 것. 부족함이 없으면 감사도 없고 나눔도 자라지 않는다. 우리는 덜 가졌기에 더 나눌 수 있었고, 더 어려웠기에 더 깊이 연대했다.

지금은 모든 것이 넘쳐나는 시대다. 하지만 넘침 속에서 오히려 우리가 잃고 있는 건 없는지 자주 스스로에게 묻게 된다.

그 시절, 우리가 배운 삶의 철학은 이렇게 단순했다.

"있는 것만으로 충분하다. 그리고 그것을 함께 나누는 것이 사람답게 사는 길이다."

가난했던 날들은 내게 가르쳤다. 꼭 많은 것을 가져야 인생이 빛나는 것이 아니란 걸. 가끔은 감 하나로도 하루가 충분했고 짚 한 줌으로도 지붕이 될 수 있었다. 그리고 지금, 그 시절의 나를 기억하는 이유는 단 하나다. 그때의 우리는 서로에게 지붕이 되어주었기 때문이다.

초등학교 시절 – 조선말을 했다는 이유 하나로

나는 아홉 살 때 심원초등학교에 입학했다. 첫 등교하는 날, 나는 어쩐지 세상이 다 내 편인 것 같았다. 하지만 그 착각은 오래가지 않았다.

한 달쯤 지났을 무렵, 친구들과 장난을 치다가 무심코 조선말을 한 것이 문제가 됐다.

선생님은 나를 교무실로 끌고 가더니, 책상 위에 나를 밀쳐 앉히고는 펜촉으로 입술을 찢었다.

입에서 피가 쏟아졌다. 나는 손으로 피를 막은 채 집으로 돌아왔다.

붉게 물든 옷자락을 본 어머니는 놀라 할말을 잃었고, 아버지께서는 조용히 물으셨다.

"무슨 일이냐?"

나는 사실 그대로 말씀드렸다.

"조선말을 했다고 선생님이 입술을 찢어?"

아버지는 화가 머리끝까지 치민 얼굴로.

"그 따위 학교 다니지 마라. 조선 사람이 조선말을 했다고 벌을 받아야 한단 말이냐!"

아버지의 눈에선 분노와 슬픔, 그리고 무력감이 엉켜 있었다.

나는 그때 처음으로 어른의 '말문이 막히는' 모습을 보았다.

다음 날, 나는 학교에 가지 않았다. 말 한마디가 죄가 되는 세상에서, 나는 어린 마음에 세상이 얼마나 부당한지를 처음 배웠다.

말을 빼앗긴 하루, 인간을 다시 배운 날

나는 그날, 비로소 알았다. 말은 단지 의사소통의 도구가 아니라 존재의 뿌리라는 것을.

그 말 하나가 금지되었을 때, 내 안의 내가 함께 부정 당한다는 것을. 언어를 금지하는 것은 사람의 존엄을 지우는 일이라는 것을.

나는 아이였지만, 그날 처음으로 세상이 부당하다는 것을 배웠고, 그 부당함에 맞서는 아버지의 분노 속에서 말보다 더 큰 진실을 깨달았다.

억압은 언제나 조용히 말부터 지운다. 말을 빼앗긴 사람은 생각을 잃고, 생각을 잃은 사람은 결국 자신도 잃는다. 그렇기에 말은 단순한 소리가 아니다. 그건 기억이며, 뿌리이며, 저항이며, 사랑이다.

그날 이후 나는 알게 되었다.

말을 지킨다는 건 나라를 지키는 일이라는 것을. 그리고 부당함 앞에서 말을 잃지 않는 사람만이, 진정한 자유의 길로 나아갈 수 있다는 것을.

아버지의 억눌림은 지금도 내 마음 한구석에서 울려 퍼진다. 그건 단지 한 가족의 아픔이 아니라, 말을 지키며 사람답게 살고자 했던 한 시대 절규였다.

그리고 그 절규는 지금 이 순간에도 우리 안의 인간됨을 흔들어 깨운다.

아버지 대신 간 보국대

일제는 조선의 농촌에서 노동력을 확보하기 위해 보국대를 조직했다. 아버지는 가족의 생계를 지켜야 했기에 그 자리를 누군가 대신할 수밖에 없었다. 아버지가 농사를 짓지 않으면 가족은 먹고 살 길이 막막했기 때문이다. 그렇게 아홉 살이던 나는 낯선 보국대라는 공간으로 보내지게 되었다.

보국대에 가게 된 날, 나는 책임자 앞에 선 채 아버지의 간절한 사정을 옆에서 들었다.

"아홉 살 애가 무슨 일을 해요, 갈구치기만 하지."

거절당하던 그 순간, 보국대에 들어가기를 거부하면 아버지를 감옥에 보낼 수도 있다는 말을 들었다. 어린 나는 그 말의 무게를 다 알 수는 없었지만, 아버지의 떨리는 목소리와 애써 감추려던 눈물에서 절박함을 느낄 수 있었다.

며칠 뒤, 결국 나는 아버지를 대신해 보국대에 갔다. 아버지는 가족을 지켜야 한다는 무거운 책임감 때문에 나를 보내야 했고, 자식에게 짐을 지운 미안함과 이루 말할 수 없는 안타까움을 온몸으로 느끼며, 떨리는 목소리로 짧은 당부를 남기고 홀로 집으로 돌아가셨다. 그 뒷모습에는 말로 다 담을 수 없는 애절함이 배어 있었다.

"어른들 말씀 잘 듣고 꾀부리지 말고 부지런히 일해라."

그 순간 아버지 손끝에서 전해진 미세한 떨림은 내 마음속에 아직까지 깊이 새겨져 있다.

그곳에서 나는 '애기'라 불렸다. 귀엽다는 의미였지만, 그 말 속에는 어린 나이에도 함께 고생하는 동료라는 묵묵한 연대가 담겨 있었다.

보국대에 들어간 날, 배가 고파 밥을 달라고 했더니 어른들은 '우리의 맹세'를 외워야 준다며 몇 번이고 가르쳐 주었다. 어린 나에게는 단순한 밥 한 끼보다, 나를 위해 차근차근 가르쳐 주던 어른들의 마음이 더 크게 다가왔다.

배가 고파 솔잎을 씹고 풀을 뜯으며 버티던 나날, 배식 줄에서 일어난 일도 아직까지 또렷이 기억난다. 앞에 서 있던 사람이 주먹밥을 몰래 하나 더 챙겨가는 것을 보고 나는 "조금 나눠주시면 안 되나요?" 하고 물었다. 하지만 그는 대꾸 없이 고개를 돌려 버렸다. 그때는 서운했지만, 시간이 흐른 뒤에는 이해할 수 있었다. '얼마나 배가 고팠으면 그 한 덩이도 나눌 수 없었을까?'

부실한 콩밥 탓에 모두 설사를 하던 어느 날, 17살 청년이 참지 못해 옷에 그 흔적을 남겼다. 그런데 그 일이 이상하게 소문이 나면서 내가 설사를 했다는 말로 퍼져 버렸다. "애기가 똥 쌌다."며 몰려온 어른들의 웃음 속에서 나는 억울함에 울 수밖에 없었다. 오해였음이 밝혀졌지만, 그때의 부끄러움과 억울함은 오래도록 가슴에 남았다.

나는 매일 대장간과 굴 사이를 오가며 네미쇠(정)를 나르는 일을 했다. 어른들은 갈구친다고 타박했지만, 그 속엔 나를 위험한 일에서 지키려는 배려가 숨어 있었다.

어느 날, 다이너마이트 신호도 모른 채 굴 앞을 지나가던 나를 어떤 아저씨가 업고 도망쳤다.

"빨간 깃발이 보이면 다이너마이트가 터지는 거란다."

따뜻하게 알려 주시던 그 음성은 지금도 귀에 선명하다.

매일 같은 일상이 반복됐지만, 나는 "똑똑하고 부지런한 놈이야."라는 칭찬 한마디에 힘을 얻어 하루하루를 버틸 수 있었다.

그렇게 한 달 남짓 보국대에서 지낸 끝에 해방의 기쁨이 찾아왔다.

세월이 흘러 그 굴들은 지금 포도주 저장소, 젓갈 보관소로 쓰이고 있다. 그 시절 사람을 위해 파낸 굴이, 오늘날에도 여전히 사람을 먹여 살리고 있는 것이다. 그리고 나 역시 그 속에서 자라난 굴 속의 한 아이였다.

 굴 속에서 배운 인간의 온기

사람은 고통 속에서도 자라지만, 고통만으로 성장하지는 않는다. 그 속에서 나를 키운 것은 배고픔과 추위뿐만이 아니라, 작은 행동과 마음으로 서로를 살려낸 사람들의 따뜻함이었다.

보국대에서의 시간은 어린 나를 성숙하게 만들었고, 사람다움이란 무엇인지를 배운 첫 경험이었다. 누군가의 한마디, 손길, 배려가 얼마나 큰 힘이 되는지 깨달았고, 그것이 사람을 진정 사람답게 만드는 근원임을 알게 되었다.

그 경험은 단순한 어린 시절의 기억을 넘어, 내 삶 전체를 지탱하는 기준이 되었다. 사람은 혼자 살아갈 수 없다. 진정한 생명과 힘은, 가장 어두운 순간에도 서로를 지켜주는 마음에서 나온다는 것을 나는 평생 잊지 못할 것이다.

청산으로 이사

심원초등학교에서 3학년을 마친 나는, 큰집이 이사한 덕분에 충북 옥천 청산면 인정리, 국화동이라는 이름이 예쁜 동네로 오게 되었다.

이사 첫날, 나는 낯설고 조용한 동네의 골목길 끝에서 이상하게도 무언가 따뜻한 기운을 느꼈다.

청산초등학교 4학년으로 전학을 갔을 때 나는 키가 작은 아이였다. 그런 내가 힘이 없어 보였는지, 친구들은 씨름을 하자며 나에게 다가왔다.

나는 깡촌에서 갈고 닦은 씨름 실력을 마음껏 보여 주었다. 내 손 기술 한 번이면 순식간에 땅바닥에 나뒹굴었고, 나를 보는 아이들의 눈빛이 변했다.

그날 이후, 그 아이들은 나에게 말을 붙이기 시작했다. 씨름이 친구들을 만들어 준 셈이다.

4학년 때는 학교에 적응하느라 공부에 집중하기 어려워 우등상을 받지 못했지만, 5학년과 6학년때엔 꾸준히 우등상을 받았고, '머리가 참 좋다.'는 칭찬도 많이 들었다.

나는 주판으로 하는 덧셈과 곱셈에 능했고, 글짓기와 웅변은 나만의 무기였다. 교실 앞에 서서 말을 하는 게 재미있었다.

5학년과 6학년 때는 같은 여선생님이 담임을 맡으셨는데, 학생 사이에 미묘한 편애를 보였다. 특정 아이를 애지중지하며 답변할 기회를 더 주는 등 그런 사소한 것들이 내 어린 마음에 상처가 되었다.

6학년 때 우리는 그 편애에 집단으로 수업 거부를 하며 항의했다. 그 일로 교감 선생님께 주의를 받았지만, 나는 그 일이 지금도 생생히 기억난다.

그날 이후, 나는 결심했다. '내가 만약 교사가 된다면 편애란 단어는 머릿속에서 지우겠다고.'

그 다짐은 훗날, 내가 교단에 섰을 때 나를 지탱해 주는 첫 번째 신념이 되었다.

 편애의 기억이 가르침의 뿌리가 되기까지

사람은 사랑받은 기억으로 자란다.

나는 전학생이었다. 작고 조용했고, 낯선 곳에 홀로 던져진 느낌이었지만, 씨름 한판으로 친구들이 생겼다. 서툰 몸짓 하나가 친구의 마음의 문을 열었고, 작은 재능 하나가 나를 무대 앞으로 불러냈다.

그러나 진짜 '나'를 자각하게 된 건, 그 교실의 공기 속에 숨어 있던 '편애'라는 그림자를 마주했을 때였다.

6학년, 우리는 아이들이었지만 느낄 수 있었다. 어느 한 사람에게만 더 머물던 시선, 누구에겐 덜 주어지던 기회. 그 작은 불공정이 얼마나 큰 소외감을 만드는지를 배웠다. 그래서 우리는 스스로를 위해 나섰고, 수업 거부로 '차별'에 항의했다.

그 일이 나를 바꿨다. 나는 그날 이후 '교사'라는 단어를 새로운 각도로 바라보게 되었다. 지식을 전달하는 사람이 아니라, 아이의 마음을 지켜 주는 사람. 그 마음이 외롭지 않도록, 누구 하나 외곽에 밀려나지 않도록 같은 눈높이에서 바라보는 사람.

훗날, 내가 교단에 섰을 때 나는 종종 그날을 떠올렸다. 그날의 나는 어린 학생이었지만, 어쩌면 교사로서의 첫 발을 이미 내딛고 있었는지도 모른다.

진정한 교육은 가르침이 아니라 기억이 되는 일이다. 나의 교사 생활은 한때 편애를 느꼈던 아이의 마음에서 출발했고, 그 때의 상처는 훗날 누군가에게 '공정'이라는 이름으로 되돌아갔다.

그리하여 나는 믿는다. 아픈 기억조차도, 누군가에게는 선한 뿌리가 될 수 있다는 것을.

중학교 시절, 배움에 대한 의지

중학교 합격자 발표 날, 담임 선생님은 근심 어린 얼굴로 내 이름이 없다고 하셨다. 하지만 나는 "여기 있어요, 여덟 번째요."라고 대답했다. 그러자 선생님께서는 "아, 니 이름이 바뀌었지?" 하며 웃으셨다.

초등학교 때까지 나는 '이상식'이라는 이름으로 살아왔지만, 중학교 입학부터는 '이상성'으로 불리게 되었다.

태어날 당시 동네 이장이 호적에 이름을 대신 등록해 주면서, 이상식을 이상성으로 잘못 기재했는데, 한번 등록된 이름은 특별한 이유없이 개명을 해 주지 않아, 그냥 사용하면서 이름이 이상성으로 바뀌게 된 것이다.

중학교 입학과 동시에 6·25 전쟁이 발발했다. 전쟁 통에 나는 등교조차 못했고, 수복 후 학교에 등교하자 피난을 안 갔다는 이유로 선배들의 기합이 심해 1년을 쉬고 후배들과 다시 공부를 시작했다. 교실은 백운리 마을회관에 가마니로 구분하였고, 벽돌을 날라 학교를 짓는 일이 수업보다 많았다.

그 와중에도 나는 학급 부반장으로 뽑혀 책임을 다했고, '희생

단'을 조직해 봉사활동에 앞장섰다. 웅변반 활동, 작문에 대한 관심, 그리고 꾸준한 성적은 내 삶의 작은 자부심이 되었다.

3학년 말, 청주사범학교를 가기로 결심하였으나 두 가지 걱정이 있었다. 하나는 어렵다고 소문난 입학 시험을 통과하는 것과 합격하더라도 '청주 유학을 어떻게 할 것인가?'였다.

그러던 어느 날 뒷집 아저씨가 아버지께 말씀하시는 것을 우연찮게 들었다. "요즘 세상은 실력보다 돈이 앞섭니다. 송아지 판 돈이라도 들려 보내야 합격합니다." 그 말을 듣고 나는 결심의 뜻을 담은 한시를 써서 벽에 붙였다.

男兒立志出鄕關
學若不成死不還
埋骨豈期墳墓地
人間到處有靑山

'사내로 태어나 뜻을 세워 고향을 떠났으니, 학업을 이루지 못하면 죽어도 돌아가지 않겠다.'는 각오였다. 이후 나는 밤을 새워 공부하며 오직 실력으로 승부하겠다고 다짐했다.

사범학교 시험날이 되었다. 나처럼 실력으로 승부하려는 학생들도 있었지만, 청주고 시험 전에 연습 삼아 응시하는 학생들까지 더해져 경쟁률이 더 높았다. 시골 중학교 출신에게는 '하늘의 별 따기'라는 말이 실감났다.

발표하는 날, 합격자를 발표하는 게시판은 낙방자들이 화풀이로 진흙을 많이 던져 내 수험번호가 보이지 않았다. 절망 속에서 진흙으로 뒤덮인 번호판을 막대기로 털어내니, 내 번호가 드러났다. 나는 본능적으로 만세를 외쳤지만, 낙방한 친구들을 생각하며 마음을 가라앉혔다.

아버지가 낙방하면 계란 한 줄을 사서 사정해 보라고 준 돈으로 청주에서 생전 처음 극장도 가 보고 백화점도 구경했다. 며칠간 즐겁게 지냈지만, 집에서는 연락이 없자 내가 극단적인 선택을 한 줄 알고 걱정이 심했다고 한다.

내가 붙였던 한시가 무슨 뜻인지 아버지께 여쭈었던 어머니는, '합격하지 못하면 죽어도 돌아오지 않겠다는 말'이라는 대답에 밤마다 눈물을 흘리며 정한수를 떠놓고 정성을 드리며 내가 살아 돌아오기만을 빌었다고 한다.

내가 집에 돌아오자 "우리 집에도 선생님이 나왔다."며 울음을 터뜨리셨고, 아버지는 "실력이 이긴 것"이라며 내 머리를 쓰다듬어 주셨다.

진흙 속 수험번호판, 그리고 실력이라는 이름

내 이름은 한 번 바뀌었다. '이상식'에서 '이상성'으로. 이름이 바뀌고, 세상도 바뀌었다.

6·25 전쟁은 배움의 기회를 무너뜨렸지만, 백운리 회관의 가마니 교실에서 공부를 다시 시작하며 나는 한 가지 확신을 품었다.

내가 지켜야 할 건 이름보다 '내 존재의 이유'라는 것을.

고등학교 진학 앞에 놓인 현실은 가혹했다. 송아지를 팔아야 붙을 수 있다던 시대. 그러나 나는 좌절하지 않았다. 그저 한 장의 한시에, '학업을 이루지 못하면 죽어도 돌아가지 않겠다.'는 결기를 새겼다.

그건 단지 시가 아니었다. 운명을 스스로 선택하겠다는 선언이었다.

시험날, 결과는 잿빛 진흙에 묻혀 있었다. 하지만 진흙을 걷어내자 내 수험번호가 보였다. 마치 인생이 말해 주는 듯했다. 진실한 노력은 결국, 진흙 속에서도 빛난다는 것을.

합격 소식을 전하기 전, 나는 생전 처음 마주한 극장과 백화점, 청주의 거리에서 세상의 넓음을 처음으로 맛보았다. 설렘으로 가득 찼던 그 며칠은 내게 짧은 자유였지만, 어머니에겐 끝도 보이지 않는 기도와 기다림의 시간이었다.

나는 오직 앞만 보며 내 길을 달리고 있었지만, 그 길 끝 어딘가에서는 매일같이 나를 믿고, 나 하나만을 바라보며 눈물로 등을 받치는 어머니가 있었다.

아버지는 나를 바라보며 조용히 말씀하셨다.

"실력이 이긴 거다."

그 말은 단순한 격려가 아니라, 내 삶의 방향을 정해 준 한 문장이 되었다.

그때 나는 비로소 알게 되었다.

실력이란, 단지 결과를 얻는 도구가 아니라,

삶을 향한 태도이며, 자신을 증명하는 가장 조용하고 단단한 언어라는 것을.

그리고 사랑이란, 그 실력 뒤에서 말없이 울고 있는 이들의 기도 위에 자라는 것이라는 것도.

나는 그날부터, 세상의 어떤 이름보다 스스로를 지켜 낸 사람이라는 이름으로 살아가고자 결심했다. 그 이름이, 나의 가장 정직한 훈장이 되었다.

사범학교 시절의 불꽃과 양심

사범학교 입학 날, 나는 먹을 쌀을 지고 청주로 향했다. 집을 구할 형편이 안 되어 예전에 우리 동네에서 살다가 이사 간 분 댁에 몸을 잠시 의탁했다. 잠자리는 변변치 않았지만 주인은 반갑게 맞아 주며, 자신의 아들을 가르쳐 달라는 부탁을 했다. 나는 쌀은 직접 가져오겠다고 약속하며 한 방을 쓰게 되었고, 그날부터 가정교사 생활이 시작되었다.

하지만 그 아이는 학습의욕이 전혀 없었고, 나와의 시간을 피하려 갖은 꾀를 부렸다. 졸기 일쑤였고, 공부 대신 놀이터로 도망쳤으며, 노력과 배려를 비웃는 듯한 태도를 보이기도 했다. 포기하고 싶었지만, 사범학교 시험 볼 때 신세를 진 데다 한 마을 출신이라는 인연이 있어 끝까지 지도했다.

결국 경쟁률이 높은 교대 부설중학교에 도전했으나 불합격했고, 화가 나서 책을 모아 불을 지르라며 화풀이하던 주인을 말리면서도 나 또한 마음이 무너졌다.

"그동안 은혜는 잊지 않겠습니다."라는 마지막 인사를 남기고, 그 집을 나왔다.

학교 옆에서 친구와 함께 자취를 시작했다. 자취를 하면서 공부와 생활은 점점 나아졌다. 집에서 가까운 학교, 운동장, 상부상조하는 공부 분위기까지 모든 것이 전보다 자유롭고 안정되었다. 가끔 건네는 주인 아주머니의 따뜻한 반찬 한 접시는 따스한 부모의 마음처럼 다가왔다.

그러던 어느 날, 청산 출신 후배가 찾아와 충격적인 이야기를 전했다. 자기 반 담임 교사가 학생들에게 성적 학대를 해 왔다는 것이었다. 나는 믿을 수 없는 마음으로 사실을 확인했고, 피해자는 열두 명에 이르렀다.

우리는 결의를 모아 교장선생님에게 문제를 제기했고, 이후 기자들의 방문까지 예고되자, 우리 반 담임은 나를 급히 다른 하숙집에 숨겼다.

다음 날 문제의 교사는 자진 사표를 냈다. 학교는 평정을 되찾았지만, 사건이 외부로 알려지면서 학교 측과 교육 당국은 정해진 내부 절차를 거치지 않고 문제를 공개한 점을 문제 삼았다.

이에 따라 '학교 질서 문란'과 '교육기관 명예 훼손' 등의 사유로 나는 졸업장과 교사 자격증 발급이 보류될 위기에 놓였다. 담임 선생님을 찾아가 무릎 꿇고 용서를 구하자 그는 말했다.

"학교의 고질병을 해결해 준 건 고맙지만, 방법이 잘못됐어. 먼저 상의했다면 조용히 처리할 수 있었을 텐데, 세상에 알려져 학교의 체면이 말이 아니게 돼 버렸어."

우리는 선생님의 말을 듣고 '방법이 잘못되었구나.' 하고 생각하고 용서를 구했다. 결국 선생님은 졸업장과 자격증을 발급해 주겠다고 약속했다. 우리는 고개 숙여 감사의 인사를 드렸고, 돌아오는 길에 함께 행동했던 대대장[1]에게 감사의 말을 전했다.

"대대장 아니었으면 졸업도 못 할 뻔했어."

"나는 화끈한 체질이야."

우리는 웃으며 서로의 등을 두드렸다. 대대장은 권투 선수 출신답게 강단 있고 용기 있는 친구였고, 그런 친구가 있어서 가능했던 일이었다.

선택의 기로, 사람의 길

인생은 언제나 선택의 연속이다. 그러나 그 선택이 '정의'와 '은혜' 사이에 있을 땐, 인간은 깊은 내면과 마주하게 된다. 도움을 받았던 이에게 실망을 안기고, 공동체의 체면을 해치는 대신 누군가를 보호하고자 할 때 그 선택은 단순히 옳고 그름의 문제가 아니다. 그것은 삶의 뿌리를 흔드는 도덕적 용기이자, 자신을 증명하는 가장 확실한 투쟁이다.

나는 어린 시절, 쌀자루 하나를 짊어진 채 타인의 호의에 기대어 공부했고, 그 호의에 보답하고자 최선을 다했다. 그러나 노력이 항상 결과를 보장하지는 않았다. 그때 나는, 사람 사이의 인연이란 성과로 보상받는 것이 아님을 처음으로 배웠다. 그것은 '무

---

1) 지금의 3학년 학생회장 직위. 당시에는 학생 편제에 군대 용어를 사용했다.

너짐' 속에서도 '의리'를 잃지 않으려는 결심에서 오는 것이었다.

그리고 또 한 번의 시험은, 어른의 권위에 맞선 학생의 양심이었다. 어떤 이들은 나의 행동을 '배신'이라 말했지만, 나는 침묵하는 다수가 외면한 고통을 묵과할 수 없었다. 정의는 늘 옳지만, 그 길은 결코 곧지 않다. 담임의 분노, 학교의 체면, 졸업의 위기 속에서 나는 의로운 선택이 때로 얼마나 고독하고 대가가 큰지를 절감했다.

그러나 삶은 냉정한 심판관인 동시에, 종종 온기를 가진 중재자가 되어 준다. 담임은 끝내 우리의 손을 잡아 주었고, 나는 용서의 가치가 단지 관용이 아닌, 공동체를 지키는 마지막 끈이라는 것을 배웠다. 정의와 은혜, 그 두 개의 가치 사이에서 나는 오늘도 고민한다. 그리고 그렇게 흔들리며, 조금씩 진정한 인간으로 성숙해 간다.

군대에서 만난 동서, 천운 같은 인연

1958년 1월 14일, 기차를 타고 논산 훈련소로 입소했다. 26연대에 배치되었고, 교사 출신이라는 이유로 교육계를 맡아 다른 장병들보다 더 바쁘게 생활하며 알찬 나날을 보내고 있었다. 그러던 어느 날, 우리 소대에서 총이 분실되어 단체 기합을 받게 되었다.

실장이 "저희가 찾아보겠다."고 하자 단체 기합은 해제되었고, 우리는 소대원들끼리 협의하기 시작했다. 그 과정에서 한 대원이 "내가 어디서든 총을 보충해 오겠다."고 하자 모두가 박수를 쳤다. 얼마 후, 그는 총을 가지고 돌아왔는데, 조교로 있는 삼촌에게 부탁해서 가져왔다고 했다.

다음 날, 소대장은 우리를 비상 소집한 뒤 말했다.

"무기는 생명과 같다. 앞으로 철저히 관리해라."

소대장의 훈련 방법은 이론보다 체험을 통한 실효성 높은 교육 방식이었다.

일주일쯤 훈련을 받던 어느 날, 어머니께서 맛있는 음식을 한가득 싸 가지고 면회를 오셨다.

같은 마을 친구도 함께 식사하고 싶어 불렀다. 그러나 그는 어머니를 보는 순간 눈물을 흘렸고, 집안 안부를 묻고 나서는 음식 앞에서 허겁지겁 먹으며 또다시 울음을 터뜨렸다.

어머니는 훈련에 지쳐 있는 우리의 몰골을 보시고는 눈시울을 붉히셨고, 내 머리를 쓰다듬어 주셨다. 친구는 가족이 오지 않은 서러움에 울고, 어머니도 함께 우셨다. 면회 시간이 끝나고 부대로 복귀하는 우리를 뒷걸음질로 배웅하시던 어머니의 모습이 지금도 눈에 선하다.

소대원들과도 정이 들어가던 중, 그중 한 명이 문맹이라는 사실을 알게 되었다. 위문편지가 오면 그는 다른 사람에게 읽어 달라고 했고 그럴 때마다 자신이 글을 모른다는 사실에 크게 부끄러워했다.

고된 훈련을 마치고, 나는 기갑병과[2]를 받아 광주 기갑학교에서 후기 교육을 받게 되었다. 이곳은 훈련소보다 식사가 적어 항상 허기졌지만, 이론과 실기가 모두 흥미로웠다. 그러나 낡은 탱크의 기어를 바꾸는 것은 쉽지 않았다. 어느 날, 내가 조종사가 되어 대원 네 명과 조교를 태우고 조종을 하는데, 탱크가 저수지를 향해 직진하는 상황이 벌어졌다.

몇 미터만 더 가면 빠질 위기였다. 조교가 재빨리 내 좌석을 낮추니 탱크가 멈췄다. 내 의자에 걸린 레버 때문에 아무리 조종해도 멈추지 않았던 것이다. 조교는 화가 나서 말했다.

---

2) 전차와 장갑차를 주축으로 하여 화력과 기동성에 역점을 둔 육군 지상 부대에 딸린 병사.

"너는 사회 나가서도 운전하지 마라. 운전하면 사람 여럿 죽이겠다. 알았어?"

그 이후로 나는 제대할 때까지, 그리고 사회에 나와서도 운전대를 잡지 않았다.

훈련을 마친 뒤, 다른 대원들은 모두 일선 부대로 배치되었지만 나만 조교로 남게 되었다.

하지만 나에게 잘해 주던 선임하사가 "훈련 성적이 1등이더라. 혹시 교사 출신 아니냐."고 물었고, 그렇다고 하자, "교사 혜택 받으려면 일선으로 가. 여기 남으면 몇 년을 더 복무해야 해."라고 조언했다.

나는 고민 끝에 일선 부대 배치를 신청했고, 3일 만에 의정부 제2보충대로 발령이 났다. 최전방을 각오하고 기다리던 중, 다시 6사단 5전차대로 발령이 났고, 근무지 위치를 묻자 '연천군 청산면 궁평리'라 했다. 나의 제2의 고향 충북 청산과 이름이 같아 더욱 정겨운 마음이 들었다.

부대에 도착하자마자 선임하사는 나에게 말했다.

"교편 잡을 땐 등사지[3] 많이 긁었을 테니 이거 좀 해."

얇은 책 한 권을 건네며 등사지를 긁으라고 했다. 나는 총 들고 보초 서는 걸 예상했는데, 등사지를 긁으라니 고맙기 그지없었다.

3일 만에 등사지를 다 긁자, 그는 내가 글씨를 잘 쓴다며 상벌계 근무를 맡겼다. 상장 쓰기, 벌칙자 정리 등 비교적 쉬운 일이었지

---

3) 손으로 하는 인쇄 방식에 사용한 얇은 기름종이로 철필로 긁어서 원판을 만들었다.

만, 신병이라 차출이 잦았다.

어느 날, 선임하사가 내게 말했다.

"오늘 오후 네 시에 의무대 선임하사가 너 좀 보자더라."

의무대에 가자 그는 내게 질문을 쏟아냈다.

"고향이 어디요?"

"충북 영동입니다. 제2고향은 충북 청산이고요."

"최종학교는?"

"청주사범학교 본과 졸업했습니다."

"처가는?"

"영동군 학산입니다."

"결혼은 언제 했어요?"

나는 순간적으로 "6개월 됐습니다."라고 거짓말을 했다. 신혼이라고 하면 빨리 휴가를 보내 줄까 해서였다.

그러자 그는 갑자기 나를 끌어안고 말했다.

"여기서 동서를 만났네. 내가 동서 결혼식에 참석하지 못해서 나를 잘 모를 텐데, 우리가 여기서 만날 줄 누가 알았겠어! 그런데 결혼한 날짜는 왜 틀리게 말했어?"

"죄송합니다. 휴가를 좀 빨리 가고 싶어서 그랬습니다."

그 말에 우리는 함께 웃음을 터뜨리며 어색함을 풀었다.

그날 이후 내 군 생활은 180도 달라졌다. 우리는 '부대 동서'가 되었고, 병사들도 나를 "동서"라 불렀다. 차출 근무도 줄었고, 애로사항은 형님이 모두 해결해 주셨다. 집에도 자주 갈 수 있었다.

한 번은 식당 등급을 높이기 위해 고졸 이상 병사에게 취사장 근무를 시키는 방침이 내려와, 나도 그곳에 배치되었는데, 일이 너무 고되어 형님에게 부탁했더니 바로 복귀 조치를 해 주셨다.

교사 군 복무 혜택을 받아 5개월 만에 제대하는 날, 형님은 웃으며 말했다. "군대는 내가 먼저 왔는데, 제대는 동서가 먼저 하네. 수고 많았어."

그 많은 군인 중에, 같은 부대에서 동서를 만난 건 정말 '천운'이었다. 누구에게 말하면 거짓말이라 할 일이다.

가장 신기했던 건, 형님이 어떻게 내가 동서인 걸 알아챘냐는 것이다. 나중에 형님한테 들으니 매일 우리 과로 공문을 들고 오며 내 명찰을 보고 확신했노라 했다. 형님의 기억력과 처가에 대한 관심이 만들어낸 기적 같은 일이었다.

기억이 부른 인연

삶의 가장 깊은 감동은 때때로, 가장 우연히 보이는 순간에서 펼쳐진다.

군대라는 일사불란한 조직 속에서, 나의 과거와 인연은 불쑥 현실 속으로 걸어 들어왔다. 수많은 부대와 병사들 가운데, '동서'를 만날 확률은 어쩌면 낙엽 하나가 바람을 타고 제 주인을 찾아오는 것만큼이나 기적 같은 일이었을 것이다.

하지만 그 기적은 누군가의 '기억'에서 비롯되었다. 기억은 단지 지난 일을 떠올리는 행위가 아니라, 사람과 사람을 이어 주는 가장 인간적인 끈이기도 하다.

나는 그날 '기억의 온기'가 만들어낸 또 하나의 가족을 군대에서 얻었다. 공적인 조직 안에서도 인간은 사적인 온정을 통해 살아간다. 규율보다도, 계급보다도 먼저 다가오는 진심 어린 포옹은 오히려 가장 강력한 신뢰의 토대가 되었다.

"군대는 내가 먼저 왔지만 제대는 동사가 먼저네." 형님의 그 한마디는 단순한 농담이 아니라, 삶을 함께 나눈 동지로서의 진심 어린 작별 인사였다.

또한, 그 만남은 내가 살아가는 태도를 다시 돌아보게 했다. 누군가에게는 아무 의미 없는 이름표 하나가, 누군가에게는 그 사람의 전 생애를 떠올리게 하는 단서가 된다.

우리는 매일 스치듯 지나치는 이름과 얼굴 속에서, 얼마나 많은 인연을 놓치며 살아가고 있는가? 삶은 거대한 우연들의 연속이지만, 그 우연이 운명으로 바뀌는 순간에는 반드시 '마음'이 개입한다.

나는 이제 믿는다. 세상에는 설명할 수 없는 만남이 있고, 그 만남은 언제나 우리에게 한 가지 메시지를 전한다. "당신은 혼자가 아니며, 누군가는 당신을 기억하고 있다."

기억이 인연을 부르고, 인연이 삶을 넉넉하게 만든다. 그리고 그 모든 여정 끝에, 우리는 비로소 '사람의 길'을 배운다.

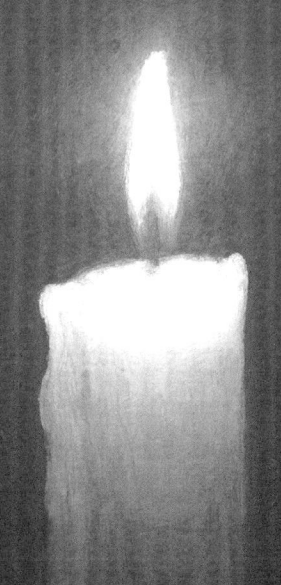

2부
—

아이들의 눈빛으로
살아온 날들

첫 발령 그리고 '일촉(一燭)'의 다짐

사범학교 졸업 후 바로 옥천 죽향초등학교로 발령을 받았다.

옥천읍 죽향리는 조용한 시골 마을이었고, 교문 너머로 보이는 운동장이 그날 따라 유독 넓게 느껴졌다.

처음 교실 문을 열던 날, 나는 교탁 앞에 서서 아이들을 바라보았다.

서로 다른 얼굴들, 하지만 같은 눈빛. 무언가를 배우고 싶어 하는 눈동자였다.

나는 그 순간, 깨달았다.

'내가 하는 말 한마디, 표정 하나가 이 아이들의 마음에 오래 남을 수도 있겠구나.'

그날 이후, 나는 다짐을 했다.

하나의 초가 온 방을 밝히듯 나도 가르치는 아이들의 인생을 밝히는 하나의 초가 되리라. 그래서 스스로 호를 일촉(一燭)으로 정했다.

그 다짐은 내 교직 생활의 흔들림 없는 중심이 되었다.

당시에는 교사가 되면 '어른 대접'도 받고, 신랑감으로도 인기 있다고들 했다. 하지만 나는 그보다 '아이의 마음에 오래 남는 교사'가 되고 싶었다. 교직은 생각보다 외로웠고, 많은 결심이 필요한 일이었다. 하지만 매일 아침 교실로 향하는 발걸음은 그 무엇보다 확고했다.

 ## 불빛은 작아도, 누군가의 길이 된다

교직은 단순히 가르치는 일이 아니라, 살아 있는 존재와 매일 '영향을 주고받는' 일이다. 첫 발령지의 교탁 위에 선 나를 바라보는 아이들의 눈빛 속에서 그 사실을 확인했다. 그 눈빛은 마치 어두운 숲 속에서 누군가의 등불을 기다리는 듯했다. 그리고 나는 깨달았다. 교사란 어쩌면, 그 어둠 속에서 가장 먼저 성냥을 긋는 사람인지도 모른다고.

'일촉(一燭)' 정성을 다하여 제자들에게 밝은 불빛이 되겠다는 다짐. 그것은 교직의 본질을 꿰뚫는 단어였다.

교직은 종종 고독하다. 화려한 박수도, 눈에 띄는 성과도 없이 묵묵히 같은 길을 걷는다. 하지만 배운 아이는 기억한다. 어느 날의 눈빛, 한마디의 말, 조용히 다가온 손길. 그것들이 세월을 건너 그들의 인생을 지탱하는 기둥이 된다.

아이의 삶에 남는다는 것은, 삶의 어떤 모퉁이를 돌아섰을 때 문득 떠오르는 '좋은 스승'으로 존재한다는 것이다.

나는 오늘도 생각한다. 나의 삶이 누군가의 마음속 어딘가에서, 작지만 확실한 불빛으로 밝음과 따뜻함을 남겼다면, 그 자체로 나는 교사로서 가장 위대한 일을 해낸 셈이다.

모교 교가를 만들다

모교인 청산초등학교로 전보되면서, 재학 시절에도 없었던 교가가 여전히 존재하지 않는다는 사실을 알게 된 순간, 속에서 작은 불꽃 하나가 피어올랐다.

'내가 한번 교가를 작사해 볼까?'

자신은 없었지만, 누군가는 해야 할 일이었고, 그것이 내 몫이라 여겼다.

방과 후가 되면 나는 학교 뒷산 도덕봉에 올랐다. 청산의 절경을 가사에 담고자 했다. 학교 앞을 흐르는 보청천을 따라 걸었고, 물레방아가 돌아가던 자리도 수십 번 들렀다. 이름난 명승지를 하나하나 발로 밟으며 청산이 품은 아름다움과 정서를 가슴에 새겼다.

교가 한 줄이 완성될 때마다, 나는 그것이 청산의 아이들에게 오래도록 울려 퍼지길 바랐다. 초안을 쓰고, 지우고, 다시 쓰고…. 셀 수도 없이 반복되는 밤들이 이어졌다.

선생님들의 의견도 반영하여 교장선생님의 결재를 받아 문교부에 교가 원고를 보냈다.

하지만 결과는 불합격이었다. '칠보단장'이라는 표현이 교가에

어울리지 않는다는 것이었다.

나는 물러서지 않았다. 다시 한문으로 '七洑單場[4]'을 써서 '보가 일곱 개 있고, 장은 하나.'라는 뜻임을 설명하고 문교부에 재차 우송했다.

며칠 뒤 적합 통지가 도착했다.

선생님들은 "이제 우리 학교에도 교가가 생겼으니 한 번 불러 봅시다." 하며 풍금 반주에 맞춰 함께 불렀다. 그 순간의 울림은 단순한 노래 이상의 깊은 감동이었다.

교장선생님은 내 손을 잡고 말씀하셨다.

"그동안 수고 많았어요. 식사 함께 하시지요."

식당에는 교감선생님, 교무선생님도 자리했다. 식사를 마치고 식당을 나올 때, 마치 오랫동안 지고 있던 큰 짐을 내려놓은 듯한 깊은 해방감이 밀려왔다.

청산초등학교 교가

1절
칠보단장 이름난 도덕봉 밑에
우리들 배워 가는 정다운 학교
선생님의 교훈을 등대로 삼아
우리는 늠름하게 자라 나간다

---

4) 원래는 七寶丹粧. 여러 가지 패물로 몸을 꾸밈. 또는 그 꾸밈새.

2절
보청천이 언제나 흘러가듯이
여섯 해 한결같이 공부하잔다
희망을 바라보며 피와 땀으로
찬란한 새 역사를 이루어 보자

3절
물레방아 돌아간 그 옛날부터
대대로 이어 가는 빛나는 전통
한마음 한뜻으로 높이 받들어
영원히 지켜 가자 우리 청산교

 ## 노래는 뿌리로 남는다

　어떤 일은 명령이나 의무가 아닌, '비어 있는 자리'를 느끼는 순
간 자연스레 시작된다. 청산초등학교에 처음 부임했을 때, 나는
그 공백을 마주했다. 모든 것이 갖춰진 듯 보였지만, 정작 학교의
영혼이라 할 '교가'가 없었다. 교가가 없는 학교는 마치 나무에 뿌
리가 없는 것 같았다. 풍경은 아름다웠고, 아이들은 싱그러웠지
만, 그 정서를 노래할 목소리가 없었다. 그래서 나는, 그 목소리를
만들기로 했다.
　노래는 단지 음절과 음정을 엮은 산물이 아니다. 그것은 시간을

담는 그릇이고, 공동체의 정체성을 불러일으키는 힘이다. 나는 청산의 산과 강, 물레방아 소리, 아이들의 웃음과 선생님들의 발걸음 속에서 그 정체성을 길어 올렸다. 그리고 마침내, 한 구절씩 엮어 나간 가사는 학교의 역사 위에 발자국을 새겼다.

교가가 문교부 심사에서 탈락했을 때, 나는 잠시 멈칫했다. 그러나 그 결정 앞에서 무너지지 않았던 이유는, 이 노래가 단지 나의 창작물이 아니라, 청산이라는 땅과 아이들이 함께 부를 '미래의 유산'임을 믿었기 때문이다. 나는 단어 하나에 담긴 맥락과 고유성을 지켜내려 했고, 결국 그것은 인정받았다.

그날, 선생님들과 함께 풍금 반주에 맞춰 부른 첫 노래는 단순한 시도나 실험이 아니었다. 그것은 '우리는 누구인가.'에 대한 공동의 선언이었다. 그리고 무엇보다, 그 울림은 지금 이 순간까지도 누군가의 가슴속에서 흐르고 있을 것이다.

나는 이제 안다. 진정한 교육은 교과서로만 이루어지지 않는다는 것을. 그것은 누군가가 조용히 무언가를 채워 넣고, 이름 없이도 흔적을 남기는 일이다. 교가는 그렇게 한 시대의 선물이 되었고, 나는 그 선물을 나누었던 사람 중 하나였다는 사실에 자부심을 느낀다. 어떤 이는 건물을 남기고, 어떤 이는 제도를 남기지만 나는 노래 하나로 청산에 뿌리내렸다. 그리고 그것이면 충분하다.

한 사람의 길을 열어 주다

어느 가을 저녁, 하서리에서 농사철에 남의 일을 해 주며 어렵게 살던 부자(父子)가 내 집에 왔던 날을 잊을 수 없다.

농사철에는 남의 밭일을 돕고 겨울이면 문전걸식을 하며 어렵게 살아가던 아저씨가, 조심스러운 눈으로 내게 물었다.

"우리 애가 여덟 살이 넘었는데 학교에 오라는 통지가 안 오네요."

"호적은 되어 있나요?"

"아이구, 호적도 없네요."

그 말에 나는 마음이 저려왔다.

"제가 면사무소에 가서 호적을 만들어 놓을 테니, 내년 3월에 1학년으로 입학시키세요."

"네, 선생님… 감사합니다."

그렇게 해서, 그 아이는 학교에 다니게 되었다.

공부도 잘하고 운동도 잘하던 아이는 금세 전교생의 관심과 사랑을 받았다. 5, 6학년 때는 배구선수로 뛰며 좋은 성적을 거뒀고, 특히 6학년 때는 내가 담임이라 더욱 가까이서 도와줄 수 있었다.

그러나, 중학교에 갈 형편이 안 된다는 이야기를 듣고 기가 죽은 아이의 얼굴을 보자 마음이 무너졌다.

'내가 한번 힘써 보자.' 그렇게 다짐한 나는, 서울의 청운장학회[5]를 직접 찾아갔다. 사정을 이야기하자, 흔쾌히 입학금을 지원해 주었다.

나는 깊이 허리를 숙여 감사를 드렸고, 돌아오는 길에 스스로 되뇌었다.

"뜻이 있는 곳에, 길이 있다."

입학금은 해결됐지만, 교복과 모자, 신발, 가방, 학용품이 없었다.

선생님들께 성금을 부탁드렸고, 부족한 부분은 내가 모두 감당했다. 그렇게 아이는 무사히 중학교에 입학했고, 입학 성적은 장학생으로 선정될 만큼 우수했다.

청주로 전근돼서 근무하던 어느 날, 중학교를 우수한 성적으로 졸업한 그 제자가 찾아왔다.

"선생님, 한 번만 더 도와주십시오."

"무엇을 말이냐?"

"고등학교 입학금만 마련해 주시면 대단히 감사하겠습니다."

"좋다. 내가 입학금은 도와줄 테니 시험은 스스로 잘 보아라."

"예! 꼭 열심히 해서 잘 보겠습니다!"

그날부터 나는 밤마다, 그리고 새벽마다 무릎을 꿇고 기도했다.

"배우려고 하는 제자가 고등학교 입학시험을 잘 볼 수 있도록

---

5) 서울에 사는 청산, 청성면 출신 독지가들이 만들어 운영하던 장학회.

도와주십시오."

그 기도는 헛되지 않았다. 아이는 입학시험에서 1등을 했고, 입학금이 면제되었다. 장학금도 계속 이어졌고, 그렇게 고등학교를 졸업했다.

졸업 후 그는 사립 우체국에 근무하게 되었지만, 나는 말했다.

"사립 우체국은 희망이 없으니, 공무원 시험을 보거라."

그는 내 조언을 따랐고, 시험에 합격하여 옥천군청에서 근무하게 되었다. 이후 충북도청으로 전보되어 남부 삼군 연락소장까지 지냈다.

지금 그는 손자들과 함께 단란한 가정의 가장으로, 행복을 누리며 살고 있다. 내가 보기에, 그것이야말로 가장 값진 성공이다.

교육은 가능성을 믿는 일이다

삶의 기회는 결코 모두에게 공평하게 주어지지 않는다. 어떤 이는 태어날 때부터 이름조차 없는 상태로 시작하고, 어떤 이는 배움의 문턱에서조차 머뭇거릴 수밖에 없다.

하지만 기회가 부족한 것이 곧 가능성의 부재를 의미하지는 않는다. 누군가의 '눈길'과 '손길'만 닿는다면, 그 가능성은 꽃을 피운다.

나는 한 아이를 통해 그 진실을 배웠다.

호적이 없어 학교에 가지 못했던 아이. 세상이 외면한 그 존재에게 손을 내밀었을 때, 나는 알았다. 진정한 교육이란, 제도를 넘어 사람을 보는 눈에서 시작된다는 것을. 선생님의 책무는 단지 칠판 앞에서의 강의에 그치지 않는다. 그것은 아이가 가진 가장 작은 꿈 하나까지도 '현실'이 되도록 징검다리를 놓아 주는 일이다.

내가 도움을 주었다 해서, 아이가 스스로 길을 개척하지 않았던 것은 아니다. 그는 누구보다 치열하게 공부했고, 절박하게 살았다. 나는 단지 그의 마음 한쪽에 불씨를 붙였을 뿐이었다. 그 불씨가 타오를 수 있었던 것은, 그가 자신을 포기하지 않았기 때문이다.

나는 매일 밤 무릎 꿇고 기도하던 그 시간을 통해 깨달았다. 교육은 '가르침'이 아니라 '믿어 주는 것'이라는 것을.

세상은 '성공'을 돈과 지위로 측정하곤 한다. 그러나 내가 보는 가장 값진 성공은 한 사람이 자신의 삶을 사랑하며, 가족들과 웃으며 행복하게 살아가는 것이다. 그것은 결코 숫자로 계산할 수 없는, 인간 존재에서 비롯된 진짜 승리다. 교사로서 내가 남긴 가장 큰 족적은, 수업 시간의 한마디가 아니라 한 아이의 생애에 걸친 고비마다 건넸던 작은 가능성의 열쇠였다.

누군가를 돕는다는 것은 단순히 어려움을 덜어 주는 것이 아니다. 그것은 그 사람의 생애 전반에 존엄과 자립의 뿌리를 심는 일이다. 그리고 그 뿌리는, 결국 다시 누군가에게 힘이 되고, 쉼이 되어 줄 것이다. 그래서 나는 믿는다. 한 사람을 살리는 일은, 결국 한 시대를 밝히는 일이라는 것을.

수학여행 버스사고 - 사랑으로 길어 올린 생명

 1975년 가을, 수학여행은 단순한 견문을 넓히는 일정이 아니라 아이들에게는 일생에 한 번뿐인 꽃 같은 추억이었다. 우리는 서울로 여행지를 잡고 옥천에서 새벽 기차를 타기 위해 저녁에 청산을 출발했다.

 그런데 버스를 타고 가는 중에 한 학생이 투덜거렸다.

 "에잇 씨, 누구는 앉고 누구는 서서 가나? 난 수학여행 안 갈래!"

 그 말에 나는 "가다가 교대할 테니 우선 서서 가라."며 등을 밀어 올렸다.

 나는 주임선생님께 학생의 불평을 전했고, 적당한 장소에서 교대하자고 건의 드렸다. 안내고개에 이르러 나는 6학년으로 같이 수학여행을 가던 막내 여동생이 서 있는 걸 보고 일어나 함께 이야기를 나누고 있었다. 그때 갑자기 버스 브레이크가 말을 듣지 않고 덜컹 덜컹거리며 내려가기 시작했다. 속도는 점점 붙었고, 천장에 머리를 부딪치는 아이들도 생겼다. 불안하게 내려오던 버스는 결국 도로 옆 상점으로 돌진했다.

 그 순간 차 안엔 연기가 가득했고, 나는 아이들을 차문 밖으로 하나둘 빼내기 시작했다. 앞 좌석 아이들은 유리창에 이마를 부딪혀 피를 흘렸고, 손수건으로 동여매도 피가 멈추지 않았다. 마침 그날은 안내 장날이라 지나던 여자들이 달려와 자기 치마를 찢어 아이들의 상처를 감싸 주었다.

그 와중에 한 아이가 정신을 잃고 넘어져 있는 것을 발견했다.

반 아이들이 외쳤다.

"선생님, 윤수예요! 우리 반 유윤수요!"

나는 윤수를 안고 도로로 달려가 차를 기다렸다. 마침 보은으로 가던 트럭이 지나가기에 사정을 설명하자 흔쾌히 태워 주었다. 가는 내내 윤수가 숨을 쉬고 있는지 몇 번이고 확인하며 초조하게 보은병원으로 향했다.

보은 병원에서 의사는 "뇌진탕이니 자고 나면 괜찮을 것"이라며 안심시켰다. 주임선생님께 학부모에게 연락해 달라 부탁했고, 부모님은 곧 도착하셨다. 아이의 아버지는 되레 나를 위로하며 말씀하셨다.

"곧 일어날 테니 너무 걱정하지 마세요."

아이가 깨어나지 않자 부모님과 저녁 식사를 함께하며 나는 말했다.

"날이 밝으면 옥천 병원으로 옮기시죠."

하지만 다음 날 옮긴 옥천 병원에서도 의사는 머뭇거리며 말했다.

"오늘 저녁이면 깨어날 겁니다."

그러나 깨어나지 못하고 숨만 가쁘게 쉬는 아이의 상태에 나는 결심했다.

"대전으로 옮깁시다."

대전 병원에 도착하자마자, 의사는 담임인 나만 들어오라 하여 병원복을 입고 들어갔다. 의사는 지름 약 1.5cm의 두개골에 구멍을 내어 기구로 뇌 내부의 피를 긁어내고 있었다.

"이 피가 뇌를 눌러 정신을 못 차리는 겁니다. 조금만 늦었으면 사망했을 겁니다."

나는 숨을 삼키며 "감사합니다."라고 연신 고개를 숙여 인사를 했다. 밖으로 나와 학부모에게 설명하자, 그분은 나를 껴안으며 말했다.

"선생님 덕분에 우리 윤수가 살아났습니다…."

며칠 동안 나는 식사도 제대로 하지 못한 채 병원에 머물렀다. 회복 중인 윤수에게 이름을 물었더니 또렷하게 대답했다. 사는 곳도 정확히 말하자, 나는 그제야 '윤수가 살았다.'는 안도의 한숨을 내쉬고 학교로 돌아올 수 있었다.

윤수는 머리뼈 일부를 제거해 보호 모자를 써야 했기에 한동안 등교할 수 없었고, 그렇게 1년을 더 쉰 뒤 후배들과 함께 졸업했다. 청주로 발령이 나면서 나는 윤수를 자주 보지 못했지만, 마음 한구석엔 늘 그 아이가 있었다.

그런데 다시 윤수를 만나게 된 건 뜻밖에도 내 퇴임식 날이었다.

다른 제자들과 함께 온 윤수를 보는 순간, 나는 그를 꼭 껴안았다.

"선생님, 서울에서 좋은 직장에 다니며 잘 지내고 있어요. 머리도 전혀 아프지 않아요."

제자들과 함께 손뼉을 치며 기뻐하는 그 순간, 나는 그제서야 윤수에 대한 걱정을 완전히 내려놓을 수 있었다.

지금도 졸업사진을 보면, 치료 흔적을 가린 거즈 자국이 선명히 사진 속에 남아 있다. 그 자국은 내게 말해 준다. 그날 있었던 일은 결코 악몽이 아니었다고. 오히려, 함께 살아낸 기적이었다고.

한순간의 선택이 생명을 살리기도 한다

삶은 단 한순간의 선택으로 전혀 다른 방향으로 흘러갈 수 있다. 그날, 안내고개를 내려오던 버스 안에서 벌어진 그 끔찍한 사고는 교사의 책임감, 마을 사람들의 헌신, 그리고 한 생명을 살리고자 했던 눈물겨운 의지가 만들어낸 기적의 일이었다. 그것은 '불운'의 이야기이기도 했지만, 동시에 '사랑'과 '믿음'이 얼마나 강력한 힘을 발휘할 수 있는지를 보여 준 순간이기도 했다.

나는 그날 비로소 알게 되었다. 교사의 책임이란 단지 아이들을 가르치는 데에 그치지 않는다는 것. 아이가 다치고, 숨이 붙어 있는지 확인하며 병원으로 달리는 그 모든 순간 속에서, 나는 교사라는 이름이 단순한 직책이 아닌 생명을 끌어안는 존재임을 절감했다. 머뭇거리던 의료진과 부모님을 설득해 대전까지 달려간 것은, 윤수라는 아이가 단지 한 명의 학생이 아닌 '누군가의 전부'라는 사실을 온몸으로 이해했기 때문이었다.

세상은 종종 큰 소리를 내는 사건들에만 반응하지만, 진짜 기적은 이렇게 조용히, 그러나 삶 속에서 언제든 어김없이 찾아온다.

그날 사고 현장에서 치마를 찢어 붕대를 대신하던 여성들, 기꺼이 아이를 태워 주던 트럭 운전사, 묵묵히 곁을 지켜 준 부모님…

우리는 누구도 혼자서 살지 않는다. 살아 있는 것, 살아낸 것, 살아가게 하는 모든 순간엔 관계와 책임, 온기의 연쇄작용이 있다.

퇴임식에서 다시 만난 윤수는 그날의 '사고'가 결코 끝이 아님을 알려 주었다. 회복이라는 이름의 긴 여정, 그것을 이겨낸 한 사람의 운명은 단순한 '구조'가 아니라 '희망의 회복'이었다. 그리고 그 순간, 내가 쥐고 있던 한 조각의 무게를 놓을 수 있었다.

지금도 졸업사진 속 거즈 자국은 나에게 속삭인다. 그날의 흔적이 아픈 과거가 아니라, 함께 살아낸 시간을 증명하는 증표라고. 그 사고는 한 아이의 인생을 다시 여는 열쇠가 되었고, 교사인 나에겐 사랑이 무엇인가를 가슴 깊이 새기게 했다.

그리하여 그날은 '재난'이 아니라, 우리 모두가 끝까지 포기하지 않았던, '기적의 날'로 남게 되었다.

글짓기 지도 - 아이들의 마음 속 문장의 힘

모교인 청산초등학교에서 근무하던 시절, 나는 9년 동안 특별활동으로 글짓기 반을 맡았다.

아이들이 자신의 체험을 글로 풀어내도록 지도하는 것, 그것이 내 글쓰기 교육의 핵심이었다.

매일 일기 쓰기를 권장하면서도 단순히 '오늘 무얼 했는지'를 적기보다는, 그날의 특별했던 순간을 중심으로 느낀 점을 자세히 적도록 지도했다.

3학년 이상을 대상으로 글쓰기를 일반화하여, 자신의 생활 속에서 글 소재를 스스로 찾는 습관을 기르게 했다.

편지쓰기 운동도 병행했다.

각 반에 우체통을 비치하고, 매월 한 번씩 반별로 편지 수를 집계했다.

1학기에는 반 친구끼리만 편지를 주고받도록 하고, 2학기부터는 전교생을 대상으로 확장했다. 반 '우체부'를 임명하여 다른 교실로 편지를 배달했다.

편지 쓰는 문화가 정착되자, 군내 다른 초등학교 학생들과도 편지를 교환하기 시작했다. 6학년 교실에는 군내 각 학교의 주소를 게시했고, 발송은 교육청 공문함을 이용했고, 수신도 처음엔 공문함을 활용하다가 점차 우체국을 통해 자유롭게 편지를 주고받게 되었다.

처음에는 출석번호에 따라 상대를 정했고, 이후에는 서로 주소를 주고받으며 진정한 '편지 친구'가 되었다.

매달 학교신문을 발간해 우수작을 발표했고, 가을 국화 시즌에는 시화전을 열었으며, 우수작은 소년신문에도 투고하여 학교 게시판에 게재했다.

글짓기 시간에는 무엇보다 현장학습을 통한 체험 중심의 글쓰기를 강조했다.

아이들을 데리고 산으로, 강으로, 들로 나가 보고 느낀 것을 글로 쓰게 하고, 서로 발표하며 스스로의 글을 돌아보게 했다.

한 번은 냇가에 가서 돌탑 쌓기 체험을 한 후, 그 경험을 글로 쓰게 했더니, 한 아이가 다음과 같은 동시를 발표했다:

돌탑

큰 돌을 밑에 놓고
차츰 작은 돌을
올려놓았는데
제일 위에 올라간 돌이
벌벌 떨었다

돌도 높은 데 올라가면
무서운가 보다

나는 이 시를 읽는 순간, 무릎을 탁 쳤다.

'이 아이가 돌탑 쌓기라는 경험을 하지 않았더라면, 과연 이런 글이 나올 수 있었을까?'

그 생각에, 이후 현장 체험학습에 더욱 중점을 두게 되었다.

그 소문은 학교에 퍼졌고, 글짓기 반에 지원하는 아이들이 늘어났다.

교실에서 단순히 '제목만 주고' 글을 쓰게 하면 아이들은 연필만 굴리다 아무 말이나 끼워 넣는다. 그러나 직접 느끼고 체험한 내용을 글로 쓰게 하면, 아이들은 스스로 생각하고, 진심을 담는다.

겨울에는 추워서 현장학습이 어려웠기 때문에, 글쓰기 전에 주제에 맞는 경험담을 먼저 발표하게 한 뒤 글을 쓰게 했다. 그랬더니 아이들은 연필을 멈추지 않고, 원고지를 채워 나갔다.

우수작은 신문사에 투고했고, 발표된 작품은 조회시간에 전교생 앞에서 낭독하게 했다.

아이들은 "선생님, 제 글도 꼭 투고해 주세요!" 하며 눈을 반짝였다.

청산초등학교에서의 9년간, 신문에 실린 작품들을 모아 《알찬 열매》라는 제목으로 책을 발간했다.

그 책 속엔 아이들이 직접 삶에서 길어낸 문장들, 그리고 선생으로서 내가 땀 흘려 함께 한 시간들이 고스란히 담겨 있다.

가장 잊을 수 없는 순간은 두 명의 제자가 전국 공모에서 최우수 상을 받았을 때였다.

내 막내 여동생 상순이는 전국 적십자 공모에서 최우수상을 받아 고급 라디오를 상으로 받았다. 양길영은 도내 초등학생 대상 반공 글짓기 대회에서 최우수상으로 천 원 상금을 받았고, 그 돈으로 암퇘지를 사 새끼를 팔아 중학교 학비를 마련했다는 이야기를 들었을 땐, 가슴이 벅차올랐다.

 ## 아이들의 글은 마음이 자라는 소리다

글쓰기는 아이들에게 삶을 들여다보는 창(窓)과 같다. 그리고 그 창문을 여는 일은 단지 언어를 가르치는 차원을 넘어, 자신을 이해하고 세상과 연결되는 법을 배우는 일이다. 나는 교사로서의 긴 여정 중, 아이들과 함께한 글짓기 시간 속에서 그것을 느꼈다. 아이는 자신의 체험을 말로 꺼내는 순간, 단순한 아동이 아닌 '자기 이야기를 가진 한 사람'으로 피어난다.

처음 아이들에게 일기 대신 '느낀 점'을 쓰게 했을 때, 그 글은 어설펐지만 진심이었다. 특히 산과 들, 강가를 함께 걸으며 체험한 내용을 바탕으로 쓴 글에서는 아이들이 보여 주는 감정의 밀도와 언어의 깊이에 놀라지 않을 수 없었다.

"돌도 높은 데 올라가면 무서운가 보다"라는 이 짧은 동시 한 편은, 내가 교실이라는 작은 공간에서 글쓰기를 가르친 것이 아니라, 산과 들을 뛰놀며 자연 속에서 아이들과 함께 삶을 느끼고 해석하는 감각을 키워 온 과정이었음을 일깨워 주었다.

편지 쓰기 운동, 우체통 설치, 지역 간 편지 교환, 시화전과 신문 투고까지. 이 모든 활동은 '쓰는 행위'를 아이들의 일상으로 끌어들이기 위한 활동이었다. 나는 아이들이 타인의 마음을 상상하고, 자신의 내면을 돌아보며, 글을 통해 관계를 맺는 법을 익히기를 바랐다. 글이란 결국, 삶을 반추하고 타인을 이해하며 스스로를 단단히 채워 가는 도구이기 때문이다.

무엇보다 감동적인 순간은 아이들이 쓴 글이 '삶의 도구'가 되었을 때였다. 상으로 받은 고급 라디오가 한 아이의 꿈을 밝혀주고, 천 원 상금으로 시작된 소년의 중학교 진학 이야기는 단지 문장력의 성과가 아니라, 글쓰기가 실제 인생의 지형을 바꾸는 기폭제가 될 수 있다는 증거였다.

교육이란 결국, 눈에 보이지 않는 마음의 영역을 다루는 예술이다. 아이들이 써 내려간 한 줄의 문장은 그들의 마음이 들린다는 증거였고, 내가 해온 교육이 결코 헛된 가르침이 아니었음을 증명하는 목소리였다.

나는 오늘도 믿는다. 세상을 바꾸는 건 거대한 사상보다도, 아이들의 진심에서 길어 올린 한 문장일지도 모른다고. 그리고 그 문장이 누군가의 삶을 바꿀 수 있다면, 나는 그때 아이들과 함께했던 시간이 얼마나 소중했는지를 다시금 느낄 것이다.

학급은 작은 공동체

교사의 역할 중에 기본은 학급을 잘 운영하는 것이다. 학급 운영이란 단순히 수업시간에 교과목을 가르치는 것만이 아니다.

교편 생활을 돌아보면, 수많은 장면이 떠오른다. 학급 운영을 즐겁고 유익한 시간으로 만들기 위해 점심시간을 활용해 '알고 넘는 게임'을 하기도 했다. 어린이가 문제를 내면 다른 분단의 어린이가 맞히는 식이었다. 단순한 놀이 같지만, 그것은 학습의 연장이었고 협동의 장이었다.

소풍을 가면 우리 반의 발표를 보기 위해 전교생이 모여드는 일이 많았다.

6학년 담임을 하면서 그 어렵다던 대전중학교에 학생들을 합격시키자, 학부모들이 2월달만 되면 교장실로 찾아와 계속 6학년 담임을 맡겨 달라며 사정하기도 했다. 그 덕분에 6학년 담임을 연이어 네 번이나 맡아야 했다.

생활지도에서는 정을 주고, 꿈을 주고, 혼까지 쏟아 최선을 다해 지도했다. 다니는 학교마다 학급 문집을 발간해 손으로 프린트해서 나누어 주었다.

학급 학생회를 구성해 자치 역량을 키웠으며 회의 시작 때는 애국가가 끝나면 우리 반 노래를 함께 불렀다.

우리 반 노래(작사 이상성 / 작곡 이상옥)

날마다 찾아 드는 정든 교실에
노력의 급훈으로 한데 뭉쳐서
언제나 웃음꽃이 피어나오니
이곳이 우리의 보금자리다
열심히 배움에 앞장서는 우리반
달리자 앞으로, 힘차게 앞으로
우리는 남자 반, 씩씩한 O학년 O반
(여자 반, 다정한), (혼합 반, 명랑한) 우리반

우리나라에서 반가를 직접 작사 · 작곡해 부르던 학급은 흔치 않을 것이다. 이 노래는 단순한 가사가 아니라, 우리가 함께했던 하루하루의 다짐이었고, 작은 공동체의 정체성이었다.

가슴 속에 남아 있는 마음속의 합창

돌이켜보면, 학급은 단순히 '아이들이 모여 있는 공간'이 아니었다. 그곳은 숨 쉬는 생명처럼 살아 있는 작은 공동체였고, 그 안에

서 우리는 서로의 웃음을 배우고, 서로의 눈물을 닦아 주며 성장했다. 점심시간의 놀이 속에서 피어 오른 웃음소리, 소풍날 전교생이 모여들던 설렘, 그리고 교실을 울리던 우리 반 노래의 선율은 지금도 내 마음속에서 또렷이 살아 있다.

그 노래는 단순한 가사가 아니라, 매일 아침의 다짐이었고, 서로를 잇는 보이지 않는 약속이었다. 아이들의 목소리가 한데 어우러질 때, 나는 그 속에서 세상의 어떤 합창보다도 아름다운 조화를 들었다. 그 시절, 나는 교사였지만 동시에 그 공동체의 한 구성원으로서, 아이들과 함께 울고 웃으며 배웠다.

세월이 흘러 아이들은 어른이 되었고, 각자의 길에서 삶을 열심히 살아가고 있을 것이다. 하지만 나는 믿는다. 그들의 마음 어딘가에는 여전히 그 멜로디가 흐르고 있으리라는 것을. 그리고 언젠가 그 노랫말처럼, 우리 모두가 다시 한 번 힘차게 웃으며 앞으로 나아가기를.

그 교실은 사라졌지만, 그날들의 숨결은 내 가슴 속에 작은 별처럼 여전히 빛나고 있다.

종아리에 맺힌 상처 – 나무처럼 자라난 아이

청주 한벌초등학교에 근무할 때, 내가 가장 많은 신경을 쏟았던 활동은 '자유교양'이었다.

전국적으로 독서지도 활동이 확산되던 시기, '자유교양'이라는 이름 아래 모든 학교에 공통 도서를 보급하고, 책을 읽은 뒤 도 단위 예선을 거쳐 전국대회에 출전하는 시스템이었다.

충북에서는 해마다 한벌초등학교가 도내 1등을 놓치지 않았고, 자연히 우리 학교는 매년 전국대회에 나가게 되었다. 하지만 전국 무대는 달랐다. 서울의 어린이들과 경쟁하려면 보통 노력으로는 턱없이 부족했다.

그래서 우리는 밤 12시까지 특별지도를 하곤 했다.

자유교양 대표로 선정되면, 아이들은 매일 어려운 책과 씨름해야 했다. 그래서 일부 아이들 사이에서는 '자유교양이 아니라 강제교양이다.'라는 우스갯소리도 나왔다.

첫해, 전국 단체 3등이라는 성과를 거두자, 한벌학교의 이름은 전국적으로 알려졌고, 교장선생님께서는 "조금만 더 힘써 더 높은 곳까지 가 보자."며 아이들에게 상품까지 준비해 격려해 주셨다.

그 말은 지도자인 나에게 더욱 무거운 책임감으로 다가왔다.

그 무렵, 또다시 밤 12시가 다 되도록 아이들과 함께 교재를 보고 있는데, 갑자기 아이들 틈에서 불만이 터져 나왔다.

"선생님, 이제 그만해요…."

그 말을 듣자마자 나는 머리끝까지 화가 치밀었다.

"누구야? 나와. 안 나오면 다 집에 못 간다."

아이들은 서로 눈치만 보고 있었다. 침묵 속에서 시간이 숨을 죽인 채 천천히 흘러갔고, 그 정적을 깨며 누군가 터벅터벅 앞으로 걸어 나왔다.

그 아이는 다름 아닌 내 큰 아들이었다.

나는 순간 격한 분노에 휩싸여 장남의 종아리를 사정없이 내리쳤고, 아이는 아무 말 없이 맞기만 했다. 맞는 순간, 피가 맺히기 시작했다.

퇴근 후 집에 돌아오자, 아내가 화가 잔뜩 난 얼굴로 말했다.

"당신 자식을 그렇게 피가 나도록 때리는 사람이 어디 있어요?"

"잘못했으면 맞아야지."

"철희가 뭘 그리 잘못했어요? 집에 빨리 가고 싶다는 아이들 대신해서 자기가 안 한 말인데도 했다고 하잖아요."

그 말을 듣는 순간, 나는 숨이 턱 막히는 듯했다.

'내가 너무 경솔했구나….'

아들의 종아리를 확인하니, 붉게 부은 발에 약이 발라져 있었다. 나는 종아리를 조심스레 어루만지며 말했다.

"우리 장남은 정말 희생정신이 강하구나."

그리고 아들을 조용히 안아 주었다.

장남은 3년간 자유교양 대표로 활동하였고, 초등학교 학생회장을 했으며, 자라서는 충청북도 중앙도서관이 선정한 독서왕에 선정되기도 했다.

지금도 같이 차를 타 보면 습관처럼 운전석 옆에 책을 두고 있다. 신호등이 바뀌기를 기다리는 순간에도 책을 펼쳐 보곤 한다.

결국 장남은 낮에는 직장에서 근무하고 밤에는 대학원을 다니며 행정학 박사학위까지 취득했고, 평생 공직에 있으면서 이사관으로 정년퇴직을 하였다. 그리고 지역에서 유명한 청주시 문화유산 관련 책과 공직 경험을 녹인 《진짜 공무원》이란 책을 발간하기도 하였는데 아마도 어린 시절의 독서 습관이 좋은 결실을 맺은 듯하다.

 ## 진짜 교육은 눈높이보다 마음높이에서 시작된다

열정이 깊을수록 때로 가장 가까운 존재에게 상처가 된다. 나는 교육의 성과를 향한 강한 집념 속에서, 어느 날 내 아이를 가장 먼저 다그치고 말았다.

눈앞에 있던 건 교사의 체면이었고, 정작 보지 못한 것은 그 아이가 지닌 조용한 책임감과 희생할 줄 아는 용기였다.

아들은 말없이 앞으로 나섰고, 나는 화가 난 채 그의 종아리를 때렸다. 그러나 나중에야 알게 되었다. 그 아이는 자신이 하지 않은 일을 대신 짊어졌고, 다른 아이들의 귀가를 위해 스스로를 내

세웠다는 사실을. 그 희생의 무게를 가장 늦게 알아챈 사람이 바로 나였다는 사실이, 오히려 내 가슴을 후벼 팠다.

교육이란 '무엇을 가르쳤는가.'보다, '어떻게 대했는가.'에 달려 있다. 아이를 지도하는 자리에 있을수록, 가장 잊기 쉬운 것이 있다. 바로 아이도 한 사람의 인격체라는 사실, 그 마음에도 울타리가 있고, 그 울타리 안엔 설명되지 않는 수많은 감정들이 있다는 것이다.

나는 그날 이후 깨달았다. 가르침이 진심일수록, 그 진심을 향한 책임은 더욱 따뜻해야 한다는 것. 사랑은 때로 결과가 아닌 태도로 기억되며, 진짜 교육은 아이의 눈높이에서, 그 마음을 있는 그대로 안아 줄 때 비로소 시작된다는 것.

내 아이는 그날의 기억을 상처로만 남기지 않았다. 오히려 그것을 딛고, 책을 벗삼아 깊은 사유를 할 줄 아는 사람으로 성장해 나갔다. 그의 곁에 자리한 책 한 권, 신호등이 바뀌길 기다리며 펼쳐보는 짧은 독서의 습관 속에, 나는 아이가 자신만의 방식으로 그 시절을 용서하고, 더 넓은 세상을 향해 나아갔음을 느낀다.

결국 나는 알게 되었다. 진정한 교사의 길은 먼저 말하기보다, 먼저 돌아보는 마음에서 시작된다는 것을.

사랑이란, 때로 가장 가까이 있는 사람에게조차 미처 전하지 못한 마음 속에서, 묵묵히 자라나며 삶을 지탱하는 힘과도 같다는 것을.

이제 그 사랑이 든든하게 자리한 모습을 보며, 나는 다시 한 번 나 자신을 돌아보고 배운다.

교대 부설초 앞의 망설임

한벌초등학교에서 5년간 열심히 근무한 후, 교동초등학교로 전보되어 부임했더니 교감선생님께서 말씀하셨다.

"선생님 능력은 제가 잘 알고 있습니다. 우리 학교가 올해 문교부 지정 새마을 연구학교로 선정되어 여러 가지 고민 끝에 선생님을 새마을 주임으로 임명하였습니다. 연구주임과 협력하여 좋은 성과를 거두어 주시기 바랍니다."

나는 "능력은 부족하지만 최선을 다하겠습니다."라고 대답하고, 곧바로 연구 주제 해결에 착수했다. 아이들에게 새마을 정신을 확실히 인지시켜 주기 위해 직접 새마을 노래를 작사하여 수시로 부르게 했고, '아.가.모(아끼고, 가르고, 모으기)' 정신을 고취시키기 위해 관련 노래도 만들어 조회나 쉬는 시간에 제창을 권장했다.

새마을의 기수(작사 이상성 / 작곡 이상옥)

1절
아끼는 생활 속에 우리 살림 살찌고

저축하는 가정마다 푸른 꿈이 영근다
후렴: 우리는 새마을의 기수가 되어
가꾸자 새마을 우리 힘으로

2절
고운 말 주고받아 명랑사회 이루고
바른 예절 실천하여 공덕심을 높인다

3절
협동하는 일터로 내가 먼저 나가고
봉사하는 즐거움에 보람을 찾는다

4절
지키는 질서 속에 나라 힘 뭉쳐지고
다지는 국민총화 조국통일 앞당긴다

청소 영역도 '내 책상, 우리 반, 우리 집, 이웃, 마을, 학교, 학교 주변'으로 점진적으로 넓혀 가며 철저히 지도했고, 특별 프로그램을 제작하여 근면·자조·협동 정신을 체질화하는 데도 심혈을 기울였다. 1년 후에 문교부 발표를 해야 했기에 준비에 더욱 박차를 가하고 있었다.

그러던 어느 날, 교감선생님께서 숙직실로 나를 부르셨다. 들어서자 교대 부설초등학교 교감선생님이 앉아 계셨다

"선생님만 괜찮다면 부설초등학교로 전근하실 수 있습니다. 의향을 말씀해 주세요."

뜻밖의 제안이었다. 교대 부설초는 각 과목 실력이 탁월한 최우수 교사들이 모인 학교로 서로 가려고 했기 때문에, 나는 꿈도 꾸지 않았던 곳이었다. 한편으로는 기쁘면서도 문교부 발표를 앞두고 떠난다는 부담감이 컸다.

교장선생님께 이 사실을 말씀드리자 "내년에 연구발표를 해야 하는데 주임이 떠나면 곤란하다."며, "내가 교감 승진을 도와줄 테니 계속 근무하라."고 말씀하셨다. 나는 일단 알겠다고 말씀드렸다.

그러자 교감선생님께서는 "굴러온 복을 발로 차면 평생 후회한다."며 다시 한 번 교장 사택에 가서 말씀드려 보라 권하셨고, 교대 부설초 측에서도 동의서 제출을 독촉했다. 망설이던 나는 교장 사택을 찾아가 다시 한 번 말씀드렸다. 그러나 교장선생님께서는 단호히 거절하셨고, 나는 그 뜻을 존중하기로 했다.

교감선생님은 "마치 굴러 온 복을 차내는 것 같아 안타깝다."고 말씀하며 나보다 더 많이 아쉬워하셨다.

나는 결국 교대 부설초 전근을 포기한다고 회신하였는데, 뜻밖에도 도道 인사발령에는 누락되었다가 시市 인사발령에 교대 부설초로 발령되었다.

알고 보니 원래 거론되던 교사가 있었지만 청주시 근무 만료자로 전출 허가가 나지 않자, 학장님께서 나를 대안으로 결정하셨다고 한다.

학장님은 내가 사범학교 재학 시절 3년간 담임을 맡으셨고, 나중에 충북 글짓기 지도회 2대 회장을 역임하시기도 하셨다. 학장님의 은덕으로 나는 교대 부설초등학교에서 교대생까지 지도하며 5년을 성실하게 보냈다.

 ## 교육의 길은 흔들리지 않는 신념과 책임의 선택이다

교육자의 길에는 언제나 유혹과 갈등이 교차한다. 그 유혹은 대개 더 나은 조건, 더 큰 명예, 더 빠른 승진의 가능성으로 다가온다. 그러나 진정한 교육의 길은 화려함에 흔들리지 않는 마음, 그리고 자신이 맡은 자리를 지키려는 의지 속에서 더욱 깊어진다.

교동초에서 교대 부설초로의 전보 제안을 받았을 때, 한 인간으로서 또 한 명의 교사로서 가장 깊은 시험대에 올랐다.

누구나 탐낼 자리였고, 내게도 분명 기회였지만, 나는 쉽게 결단하지 못했다. 왜냐하면 나의 선택에는 단지 나 개인의 진로뿐 아니라, 내가 함께했던 아이들과 동료 교사들, 그리고 마무리하지 못한 책임이 걸려 있었기 때문이다.

그때 나를 붙들어 세운 것은 '성공의 욕망'이 아니라, '남겨진 일에 대한 도리'였다. 새마을 연구학교 주임으로서 맡은 바를 마무리하지 않고 떠나는 것이 과연 옳은 일인가, 나는 나 자신에게 수없이 되물었다.

결국 그 선택은 외면당한 듯 보였지만, 뜻밖에도 내 삶을 바꾸는 문이 되었다. 학장님의 배려로 이뤄진 교대 부설초 발령, 그리고 그곳에서 쌓아 올린 5년의 교직 경험은 나에게 더 깊은 교육적 통찰과 안목을 길러 주었다. 진심은 때로 길을 돌아가지만, 돌아오는 길엔 더 단단한 기회가 동행한다.

뜬금없이 내려온 교감 지명 시험대상자

교대 부설초는 문교부에서 매년 한 명씩 교감 지명 시험대상자 TO가 내려왔다. 그래서 순서에 따라 대상이 되는 고참 주임 선생님들이 미리 시험준비를 하였다.

그런데 어찌된 일인지 갑자기 세 명이나 TO가 내려왔고, 교장선생님께서는 미리 준비하던 연구주임과 함께 새마을 주임과 교무 주임이던 나를 불러 시험에 응시하라고 하셨다. 우리는 전혀 준비가 안 된 상태라 포기하려 했지만 교장선생님께서 후배 교사들에게 원망을 사느니 차라리 도전하라고 하셨고, 결국 벼락같이 준비하여 시험에 응시했다.

짧은 준비 기간이었지만, 나와 연구 주임은 나란히 합격의 기쁨을 안게 되었다. 평소 성실히 근무했던 경험과 책임감이 좋은 결과를 이끌어 낸 것이다.

교감 발령을 대기하던 나는 음성군 소이초등학교로 발령받았다. 마침 교동초에서 모셨던 교장선생님께서 음성교육장으로 계셨기에, 교대부설초로 옮길 때 극구 반대하시던 그분께 사죄를 드릴 수 있었고, 괘씸죄를 용서받았다.

1년 후 교감으로 승진하면서 제천시 수산면 괴곡초등학교로 발령받게 되었다. 그 모든 과정은 운명이 아니라 나의 신념과 의리, 그리고 조용한 노력이 만들어 낸 결과였다.

성실과 신념이 성공의 밑바탕이다

갑자기 내려온 교감 시험이라는 새로운 도전 앞에서 나는 또 다른 갈림길에 섰다. 준비기간은 짧았고, 누구에게 양보할 수도 없었다. 우리는 결국 행동으로 증명해야 했다.

나의 선택은 결과적으로 후회 없는 길이었고, 그것은 결국 운명을 이끄는 원동력이 되었다.

내가 얻은 가장 큰 깨달음은 이것이다. 진정한 성공은 스스로의 선택에 부끄럽지 않은 마음 위에서 이뤄져야 한다는 것. 부설초로의 전보든, 교감 승진이든, 그 결과가 나를 어디로 데려갔는지는 중요하지 않다.

중요한 것은 그 모든 순간에 내가 책임을 포기하지 않았고, 신념을 바꾸지 않았으며, 의리를 지켰다는 것이다.

결국 나의 길은 '운명'이 아니라, 매 순간마다 성실과 신념으로 만들어낸 응답의 결과였다.

그리고 나는 지금도 교육자로서의 삶이란 그런 작은 선택들이 모여 이루는 가장 인간적인 여정이라고 믿는다.

첫 교감, 제천 괴곡초
– 함께하는 마을 공동체 속의 학교

첫 교감 발령을 받아 제천 괴곡초등학교에 부임해 보니, 예전 청주교대 부설초에서 교감으로 모셨던 민상기 선생님께서 교장으로 계셨다. 평소 나를 눈여겨보셨다면서 괴곡초로 꼭 보내 달라고 교육장에게 부탁하셨다는 말씀을 하셨다.

고개 숙여 감사 말씀을 드리고, 부족한 저를 잘 지도해 달라고 부탁도 드렸다. 하지만 교장 선생님께서는 오히려 미안해하셨다. 원래는 담당 장학사가 나를 제천 시내의 연구학교로 발령 내려고 했는데 가로막았다는 것이다. 게다가 교감 강습을 함께 받았던 1년 선배가 같은 학교에 평교사로 발령을 받아 더욱 불편한 상황이 되었다.

그뿐만 아니라 이곳은 수몰 학구라 학부모들의 협조가 부족했고, 하숙이나 자취방을 구할 수 없었다. 이런 사정을 살핀 교장 선생님은 사택을 교사들에게 내어 줘서, 교장 · 교감 · 교무 · 교사 모두가 한 건물에서 함께 생활을 하게 되었다.

그 시절 교육청에서는 예산 부족으로 교육용 컴퓨터를 학부모의 도움으로 구입해 활용하라는 지시가 자주 내려왔다. 나는 여유 있는 학부모를 찾아가 학교 사정을 설명하며 도움을 청했지만, 돌아오는 대답은 싸늘했다. "교육청이 사서 할 것을 왜 학부모에게 구걸하느냐?"는 비난이었다. 다른 학부모는 "우리는 가을에 이사 갈 예정이라 관심 없다."며 단칼에 거절했다.

매일 밤 고민을 거듭하던 중, 옥순봉 산책 중 문득 아이디어가 떠올랐다. "서울 학교 친구들과 우리 아이들이 서로의 환경을 체험하면, 학부모들도 교육의 중요성과 필요성을 직접 느끼지 않을까?"

나는 곧장 치밀하게 계획을 세우고 교장 선생님의 결재를 받아 서울 한 초등학교에 근무하는 친구에게 연락을 했다. 친구는 흔쾌히 수락했고, 서울 아이들이 내려가면 숙박을 제공해 달라는 요청도 함께 전해 왔다.

서울 어린이들은 짧은 시간이지만 순박한 시골 친구들과 신나게 뛰어 놀며, 옥순봉 등 자연의 절경에 녹아들었다.

이어 우리 학생들도 서울로 초대받아 1박 2일 동안 즐겁게 다녀왔고, 돌아올 땐 기념품 한 보따리를 안고 왔다.

그제서야 학부모들은 서로 다른 환경을 체험한 아이들의 변화를 보고 마음을 열었고, 이사를 가더라도 학교에 적극 협조하겠다는 분위기가 형성되었다.

결국 컴퓨터도 구입하여 교육에 큰 진전을 보게 되었다.

컴퓨터 문제를 우여곡절 끝에 잘 해결하자, 이번에는 새 학교를 건축해야 하는 더 큰 과제가 내 앞에 놓여 있었다.

교육청 지시에 따라 부지를 찾기 위해 마을을 방문하자, 모든 주민들이 서로 "우리 마을에 지어 달라."며 아우성이었다.

도무지 결정을 내릴 수 없던 나는 교육청을 찾아가 수산초등학교에 편입시키고 스쿨버스를 운영하는 방안을 제안했다. 교육장님은 고개를 저으며 말씀하셨다. "교감 선생님, 나 잠 못 잘 일 만들려고 그러시오? 버스 사고라도 나면 나도, 교장도 좌천이오. 편하게 학교를 짓도록 합시다."

　결국 교육청에서 결정하도록 부탁했고, 정해 준 부지는 산 정상이었다. 학부모들이 들고 일어났고, 나는 다시 교육청을 방문했다. 건설과장은 한 가지 방안을 제시했다. "현재 부지는 밭으로 등록되어 있으니, 주민들이 그 밭을 구입해 교육청에 기부하면 아래쪽으로 부지를 옮길 수 있습니다."

　나는 이장들을 모셔 사정을 설명했지만, 돌아온 답은 "왜 우리가 사야 하느냐."며 결사반대였다. 교육청에서도 '학교 부지는 주민이 마련해야 한다.'며 물러서지 않았고, 결국 우여곡절 끝에 마을마다 백만 원씩 총 삼백만 원을 기부해 부지를 확보했다.

　학교 부근에는 물이 없어 마을 근처에 우물을 파야 했고, 고도가 높아 펌프로 물을 끌어와야 했다. 겨울에는 호스가 얼어 물지게로 운반해야 하는 날도 많았다. 드디어 학교를 무사히 완공한 뒤 교장 선생님은 2년 만에 영전을 하셨고, 나는 3년을 꼭 채워 근무했다.

누군가는 내가 걸어온 길을 보고 고개를 갸웃거릴지도 모른다. 그러나 나는 안다. 작은 실천이 마음을 움직이고, 그 마음이 변화를 만든다는 것을.

교육은 교실 안에서만 일어나지 않는다. 때로는 돌을 나르고, 계단을 쌓고, 아이들을 위해 물지게를 지는 것에서 시작된다. 나는 그 길을 걸었다. 그리고 그 길 위에서, 사람을 만나고, 신뢰를 얻고, 마음을 키웠다. 그것이 바로, 교육자라는 이름 아래 내가 지킨 삶이었다.

누구나 눈에 보이는 성과에 매몰되기 쉬운 세상에서, 진정한 교육은 눈에 띄지 않는 곳에서 묵묵히 흘리는 땀에서 비롯된다. 나는 교감으로서의 첫걸음을 수몰 학구의 외진 초등학교에서 시작했다. 자취방 하나 없는 외딴곳, 비협조적인 학부모들, 겨울이면 얼어붙는 호스로 물을 나르던 산중 학교. 누군가는 좌절을 이야기하겠지만, 그곳은 내게 '교육이란 무엇인가?'를 몸으로 다시 배우게 한 진짜 교실이었다.

아이들을 위한 컴퓨터 한 대를 마련하는 것도, 새로운 부지를 확보하는 것도, 모두 누군가는 해야 할 일이었다. 그러나 행정 명령 하나로 일이 끝나지 않는 것이 '현장'의 실체다.

나무의 뿌리를 땅속에서 돌보듯, 교육은 보이지 않는 곳에서의 설득과 신뢰의 축적으로 이루어진다. 마을 주민을 설득해 기부금을 모으고, 물 없는 고지대에 우물을 파며 학교를 지어내는 과정은 '관리자'가 아닌, 공동체의 일원으로 살아가는 교감의 진짜 모습을 요구했다.

그리고 나는 깨달았다. '지도자'란 말은 지시하는 사람이 아니라, 몸으로 먼저 길을 내는 사람이라는 것을. 아이들 뒤에서 조용히 길을 다지는 교감. 바로 그 모습이 학교를 바꾸고, 학부모의 마음을 열고, 아이들의 시선을 고정시키는 신뢰의 시작이었다.

괴산 신풍초 – 긍정적으로 적극적으로

다음 발령지는 괴산 연풍면 신풍초등학교였다. 이곳은 괴산에서도 외진 곳이었고, 교장 선생님은 병원에 입원 중이셨다. 문제는 또 있었다. 교사 한 명은 잦은 결근과 음주로 학부모의 지탄을 받고 있었고, 나는 교장, 교감, 교사 역할을 모두 도맡아야 했다.

특히 학교 앞에서 매년 발생하는 교통사고는 심각했다. 나는 며칠간 학교 주변을 관찰한 뒤, '다리 밑 개천에 징검다리를 놓아 통학로를 조성하면 안전하겠다.'는 결론에 도달했다.

새벽마다 나가 큰 돌을 날라 계단을 만들고 징검다리를 만들기 시작했다. 하루는 지나가는 마을 사람이 다가와 내가 고기를 잡고 있는 줄 알고 말했다.

"어두운데 고기가 보여요?"

"아니요, 저는 신풍초등학교 교감입니다. 다리 밑으로 징검다리 통학로를 만들고 있습니다."

그는 깜짝 놀라며 큰 돌을 나르는 걸 도와주었다.

"왜 교감 선생님이 이런 일을 다 해요? 교육감에게 표창을 추천해야겠네요."

"그저 일하지 않으면 생병이 나는 성격입니다."라며 나는 웃어 넘겼다.

그 덕분인지 내가 근무하는 동안에는 교통사고가 단 한 건도 발생하지 않았다.

신풍초등학교는 학생 수는 적었지만 군 단위 체육대회에서 당당히 종합우승을 차지했다. 담당 교사의 과학적 훈련 방식과 전 교사의 협동심 덕분이었다. 특히 높이뛰기를 가르칠 매트가 없어 포기하는 다른 학교와 달리, 폐타이어 위에 매트를 여러 장 깔아 지도한 담당 교사의 열정은 감동 그 자체였다.

학생 수와 성과는 반드시 비례하지 않는다. 책임 의식과 의욕이 있다면, 적은 수의 학생으로도 큰 성과를 만들어낼 수 있다는 교훈을 나는 몸소 체험했다.

어느 날, 서울의 한 사립학교에서 국어에 조예가 깊은 선생님 한 분을 추천해 달라는 요청이 들어왔다. 나는 어린이 글짓기를 성실히 담당하며 성과를 보이던 우○○ 교사를 추천하고자 교장 선생님께 말씀드렸다. 그러자 교장 선생님은 "우○○ 교사가 가면 달걀 노른자를 빼는 셈"이라며 아쉬움을 표하셨다.

나는 우 교사의 앞날을 위해 간청했고, 결국 허락을 받아 서울로 발령날 수 있었다. 이후 우○○ 교사는 서울에서 교장으로 퇴임했는데, 그때의 추천과 간청이 우 교사의 앞날에 중요한 계기가 되었음은 분명하다.

학교 운영의 기반은 결국 사람이다. 신풍초등학교에 전입한 뒤, 지역 주민과의 유대를 강화하기 위해 동갑계를 조직하고 모임을 가졌다. 이들과 소통하며 서로를 초대하고 교류하면서 따뜻한 공동체를 만들어 갔다.

비 오는 어느 날 우산을 들고 화단의 잡초를 제거하고 있는데 어느 신사분이 오셨다.

"비 오는데 무엇을 하세요?"

"손 운동을 하고 있어요"

"제초작업도 손 운동인가요?"

"예. 여자들의 수명이 높은 게 잠시도 손을 놀리지 않아서라고 하더라고요."

"참 보기 드물게 긍정적인 분이시네요. 좀더 큰 곳에서 일하셔도 되겠어요."

그 일이 있고 우연인지 몰라도 얼마 지나지 않아 나는 영동 교육청 장학사로 발령을 받게 되었다.

 ## 먼저 조용히 솔선하는 데서 교육의 품격이 생긴다

신풍초등학교에서는 교사 부족으로 교장·교감·교사 세 역할을 동시에 감당했다. 그러나 외롭지 않았다. 책임을 나누려는 사람보다, 함께 지겠다는 사람들이 있었기 때문이다.

폐타이어 위에 높이뛰기 매트를 만든 교사의 열정, 모든 아이를 데리고 군 대회에서 우승을 거둔 협력, 그리고 지역 공동체와의 끈끈한 관계는 작은 시골학교를 하나의 기적 같은 이야기로 만들었다.

내가 믿는 교육은 거창하지 않다. 아이들을 위한 작은 배려 하나, 누구도 하지 않기에 내가 먼저 나서는 일, 그 반복이 결국 교육의 품격을 만든다.

'교감'이라는 이름은 단지 직책이 아니라, 학교라는 생태계의 균형을 잇는 사람과 사람 사이의 다리여야 한다. 나는 그 다리 위에서 서툴게 돌을 얹고, 물을 길어 나르며 신뢰를 쌓아 올렸다.

교육은 누군가가 알아봐 줄 때 의미 있는 것이 아니라, 아이들 뒤에서 조용히 서 있는 삶의 태도에서 비로소 드러난다.

"오늘도 손이 닿는 곳을 먼저 닦고, 마음이 머무는 곳을 먼저 비우는 사람이 되자."

그것이 내가 걸어온 길이고, 앞으로도 내가 지켜갈 교육의 방식이다.

첫 교장, 영동 화곡초 - 열린 교육의 슬로건 아래

영동교육청에서 장학사 3년 임기를 마치고 다시 교감으로 학교 현장에 나가야 하는 때였다.

마침 한벌초 근무 당시 교감으로 모셨던 청주교대 부설초등학교 교장 선생님으로부터, 고맙고 설렘 가득한 제안을 받았다. 열성적으로 학생들을 가르치는 나를 기억하시며 "우리 학교 교감으로 와 달라."고 하신 것이다. 나는 감사히 가겠다고 답변했다.

그러나 며칠 뒤, 다시 걸려온 전화는 나를 갈등하게 만들었다.

"장학사님, 보니까 교장 강습 대상자로 지명되셨는데, 포기하고 교대 부설초로 오실 수 있으시겠어요?"

나는 잠시 망설였다. 교대 부설초에서 함께하고 싶은 마음과, 교장 강습을 받아 더 큰 교육적 성장을 이루고 싶은 마음 사이에서 고민이 깊었다.

"대단히 죄송하지만, 이번에 교장 강습을 꼭 받고 싶습니다."

"알겠습니다. 함께 근무하고 싶었는데, 참 아쉽습니다."

그렇게 나는 강습을 받기 위해 괴산 칠성초등학교 교감으로 발령받았다. 연구학교로 지정된 학교라 책임감이 무거웠지만, 교장

선생님께서 교육청에 직접 나를 요청하셨다는 이야기를 듣고 감사한 마음으로 부임했다. 장학사로 근무하며 얻은 다양한 정보와 나름의 교육 철학을 더해, 나는 열정적으로 학교 운영에 참여했다.

그러던 중 교장 선생님께서 갑작스레 작고하시고, 후임으로 사범학교 동기가 부임하였다. 오랜 친구를 다시 만나 반가우면서도 사석에서는 반말을 주고받다가 교사들이 결재서류를 들고 들어오면 다시 존댓말을 써야 하는 상황이 어색하게 느껴졌다.

그러나 몇 개월 후 교장 강습을 마치고 1992년 9월 1일 자로 영동 화곡초등학교 교장으로 발령받았다. 옥천군에서 유능한 선생님으로 인정받던 분과 함께 부임하여 더욱 든든했다.

부임 첫날, 학교가 도 지정 "열린 교육" 연구학교로 지정된 것을 알게 되었다. "왜 연구학교는 나만 따라다니는 걸까?" 하는 생각이 들 정도로 쉽지 않은 과업이었다. 참고할 자료도 없고 모든 걸 스스로 만들어야 하는 열린 교육의 여정은 막막하기만 했다.

하지만 우리는 '닫힌 마음을 열고, 열린 마음을 채우자.'는 슬로건 아래 하나하나 방향을 잡아갔다.

학교의 비전과 실천

학교상
- 웃음이 넘치는 즐거운 학교
- 사랑이 넘치는 정다운 학교

- 의욕이 넘치는 새로운 학교

교사상
- 정을 주는 교사
- 꿈을 주는 교사
- 혼을 주는 교사

어린이상
- 열린 생각
- 열린 판단
- 열린 행동

학교 분위기를 바꾸기 위해, 교무주임을 비롯해 연구주임과 우수교사들과 함께 적극적으로 노력했다.

책상 배열은 분단 중심의 학습 공간으로 재구성하고, 수업 방식도 주입식에서 탐구 중심, 토론 중심의 수업으로 바꾸었다. 생활지도 또한 지시 위주에서 자율 위주로 전환했고, 교장실도 항상 개방해 누구나 자유롭게 드나들 수 있도록 했다. 조용하던 학교가 점차 생기 넘치는 곳으로 바뀌어 갔다.

교육의 변화는 마음의 문을 여는 데서 시작된다

교육의 방향은 제도나 지침이 아니라, 결국 사람의 마음에서 비롯된다. 나는 장학사의 책상을 떠나 다시 학교 현장으로 나아가던 길목에서, '교장 강습'이라는 기회를 택했다.

더 큰 책임을 짊어질 각오를 품은 선택이었지만, 그 선택의 무게는 예상보다 묵직했다. 발령받은 학교는 하필이면 도지정 열린교육 연구학교였다. 마치 운명처럼, 중요한 변화의 지점마다 나는 '연구'라는 이름 아래 교육의 실험대 위에 서 있었다.

'열린교육'은 그저 수업 방식을 바꾸는 일이 아니었다. 그것은 닫힌 마음을 열고, 굳은 습관을 풀고, 교육의 본질을 다시 고민하는 작업이었다. 교사, 학생, 그리고 교장을 포함한 모든 학교 구성원이 '어떻게 가르칠 것인가.'가 아니라, '왜, 누구를 위해 가르치는가.'를 묻는 질문 앞에 서야 했다.

나는 '웃음이 넘치는 학교, 정을 주는 교사, 열린 판단을 하는 어린이'라는 비전 아래, 학교의 구조부터 문화까지 하나씩 바꾸어 갔다.

책상 배치 하나, 교장실 문 하나까지도 단지 '형식의 변화'가 아닌 신뢰와 소통의 상징이 되도록 만들고자 했다. 교실은 더 이상 정답을 암기하는 공간이 아니라, 의견이 부딪히고 서로를 이해하는 경험이 피어나는 공간이 되어야 했다. 그리고 그것은 단 한 사람의 의지만으로는 불가능한 일이었다.

열린교육은 '교장의 이상'이 아니라, 모든 교사와 아이들이 함께 만들어 가는 새로운 질서였다. 나는 함께하는 교사들을 신뢰했고, 그들의 자율성을 존중했고, 그 결과 학교는 조용한 에너지로 가득 찼다. 이전에는 지시를 기다리던 교사들이 자발적으로 아이디어를 내고, 학생들이 질문을 던지기 시작했으며, 교장실은 더 이상 폐쇄된 권위의 상징이 아니었다.

이 경험을 통해 나는 깨달았다. 교육에서의 '개방'이란 단순히 물리적 공간을 여는 일이 아니라, 서로의 마음을 향한 문을 여는 일이라는 것을. 그것은 강요로 이뤄지는 것이 아니라, 신뢰와 존중, 그리고 교육의 본질에 대한 공감으로 가능해지는 일이다.

나는 오늘도 믿는다. 아무리 단단한 체제 속에서도, 마음을 여는 작은 실천이 결국 학교를 바꾼다. 그리고 그 마음의 시작은 늘 한 사람의 선택, 작은 결심, 그리고 누군가의 열린 질문에서 비롯된다.

"왜 우리는 지금, 이 수업을 하고 있는가?"

그 질문을 멈추지 않는 한, 학교는 계속해서 살아 숨 쉬는 공간으로 진화할 것이다.

산타할아버지가 되다
– 교육은 '마음의 방식'을 전하는 일

모든 교사가 같은 속도로 변화에 적응하는 것은 아니다. 연세가 많은 선생님들 중에는 예전 방식대로 생활지도를 고집해 어려움도 많았다. 그러나 화곡초 교장시절 한 유치원 교사만큼은 달랐다. 그녀는 유능했고, 학습 환경 조성에 탁월했으며, 남다른 열정으로 화곡초를 '새로운 학교'로 탈바꿈시키고자 노력을 했다.

어느 겨울 날, 그 유치원 교사가 내게 찾아왔다.

"교장선생님, 산타 할아버지 역할 좀 해 주실 수 없을까요?"

나는 웃으며 손사래를 쳤다. "아이구, 그건 나보다 6학년 키 큰 아이에게 부탁하는 게 더 낫겠어요."

그러자 선생님은 단호했다. "교장선생님이 딱이에요. 그냥 선물만 주시고, 아이들이 고쳐야 할 점만 말씀해 주세요. 고칠 점은 선물에 적혀 있어요!"

나는 어이없고 민망했지만, '울며 겨자 먹기' 식으로 결국 산타 옷을 입고 유치원 교실 문을 열었다.

"에헴, 여기가 화곡초등학교 유치원인가요?"

크게 기침을 한 번 하고 문을 들어서자, 아이들은 하던 활동에는 관심도 없이 입을 모아 외쳤다.

"산타 할아버지~ 선물 주세요!"

아이들 눈이 오직 선물로만 향하고 있어 할 수 없이 한 명씩 아이들 이름을 불러 나오게 했다.

"이순아!"

"예~"

"어, 너는 왜 콩나물을 안 먹지? 콩나물엔 좋은 영양분이 많은데, 내일부터는 먹을 수 있지?"

"네에."

순아는 기분 좋게 자리에 돌아갔지만, 고개를 갸웃거렸다. "산타 할아버지가 내가 콩나물 안 먹는 걸 어떻게 알았지?" 하는 눈치였다. 그 장면이 어찌나 귀엽고 순수하던지, 지금도 눈에 선하다.

이러한 교육 방식은 아이들의 습관과 행동을 자연스럽게 바로잡는데 효과가 컸다. 그 교사의 창의적인 발상은 내게 깊은 인상을 남겼다.

또 하루는 퇴근 후 학교 순찰을 하다 보니, 유치원 교사가 학습 자료를 만들고 있었다. 음료수를 건네며 "그만 퇴근하세요." 했더니, "내일 자료를 마무리해야 돼요."라며 미소와 함께 답했다. 그 선생님은 교사로서의 사명감이 투철하였고 그 열정은 타에 귀감이 되었다. 나는 그분께 '한국의 페스탈로치'라는 별명을 붙여 드렸다.

우리나라 유치원 교육이 세계에서 으뜸인 이유는, 바로 이런 교사들의 확고한 교육관과 묵묵한 열정 때문이 아닐까.

변화는 제도에서 시작되지 않는다. 진짜 변화는 한 사람의 태도에서 시작되고, 그 태도가 일상의 순간에 스며들 때, 학교는 비로소 살아 있는 교육의 공간이 된다.

화곡초등학교의 유치원 교사는 바로 그런 변화의 주체였다. 그녀는 따로 '혁신'을 말하지 않았지만, 이미 실천을 통해 학교의 공기를 바꾸고 있었다.

산타클로스 역할을 요청한 것은 단순한 이벤트가 아니었다. 그것은 아이들이 두려워하지 않고 받아들일 수 있는 방식으로, 습관을 돌보고 인성을 교정하는 따뜻한 교육적 전략이었다.

교사가 직접 말로 지적했을 때 아이들이 느낄 수 있는 위축감을, '상상 속 존재의 목소리'로 부드럽게 바꾸어 낸 그 지혜는 교육이란 본디 인간의 심리를 섬세하게 어루만지는 일이란 사실을 다시금 일깨워 주었다.

나는 그날, 내 이름이 아닌 산타의 이름으로 아이들에게 말을 걸었지만, 그 아이들이 보여 준 반응은 교사라는 존재가 얼마나 깊이 아이들의 세계에 들어와 있는가를 보여 주는 증거였다.

한 아이는 "산타 할아버지가 콩나물 안 먹는 것도 알아요?"라며 놀랐고, 나는 그 아이의 눈동자에서 믿음이라는 신비한 감정이 어떻게 교육의 문을 열 수 있는지를 보았다.

모두가 퇴근하고 아무도 없는 오후, 그 교사가 교실에 남아 학습 자료를 만들며 보인 작은 미소에는 어떤 대단한 철학보다 강력한 '성실의 힘'이 담겨 있었다. 교육은 단순히 가르치는 일이 아니라 평소에 아이에 대한 사랑과 관심이 선행되어야 하며, 아이에게 맞는 교육 방식 또한 중요하다는 것을 새삼 깨달았다.

'한국의 페스탈로치'라고 불리던 그 교사는 어떤 유명한 교육 철학자보다도 훨씬 더 위대한 사람이었다. 왜냐하면 그녀는 아이 한 명, 한 명을 위한 구체적 방법을 찾아 매일 묵묵히 정성과 사랑을 쌓아 올리고 있었기 때문이다.

그녀의 교육은 논문 속에 있는 이론이 아니라, 종이 위에 오려 붙인 자료 속에 살아 있었고, 그녀의 철학은 말이 아니라 아이들을 향한 눈빛 속에 담겨 있었다.

세상이 유치원 교육을 가볍게 여기는 경향이 있지만, 나는 말하고 싶다. 우리 교육의 뿌리는 유치원에 있다. 그리고 그 뿌리를 지키고 있는 이들이 바로 그런 교사들이다. 아이들이 처음으로 사회를 경험하고, 관계를 배우고, 나를 말하는 법을 익히는 그 공간에서, 가장 섬세하고 가장 깊이 있는 교육이 이루어진다.

산타클로스 복장을 하고 나는 한 아이에게 "콩나물 꼭 먹으렴." 이라 말했지만, 사실 그날 나 자신이 배운 것이 훨씬 많았다. 교육은 아이들을 위한 것이지만, 그 속에서 교사도 함께 성장하고 깨달음을 얻는다.

아이들의 마음을 바꾸는 길은 결국, 교사의 마음이 얼마나 진실하고 따뜻한가에 달려 있다는 것.

그것이 그날 내가 입은 산타 복장의 가장 값진 선물이었다.

포도 축제 운동회 – 지역과 학교가 어우러지다

화곡초등학교에 부임한 해, 나는 운동회를 기존의 틀에서 벗어나 지역과 학교가 함께 어우러지는 축제로 만들고 싶었다. 그렇게 탄생한 것이 바로 "포도축제 겸 운동회"였다.

운동회 프로그램에 포도 아주머니 선발대회, 포도 빨리 먹기, 새끼 꼬기, 윷놀이, 닭 잡기 같은 다양한 종목을 지역 주민과 함께 구성했다. 그 덕에 학부모들도 끝까지 운동회에 남아 아이들과 웃고 뛰며 즐거운 하루를 보낼 수 있었다.

가장 인상 깊은 프로그램은 단연 "닭과 염소 잡기"였다.

닭 열 마리, 염소 한 마리를 운동장에 풀어놓고, 학부모는 염소를, 아이들은 닭을 잡으러 뛰어다니게 했다.

아이들은 이마에 땀방울이 송글송글 맺히며, 교정을 종횡무진 뛰어다녔다.

닭을 잡은 아이들은 기쁨에 환호했고, 염소를 잡은 학부모는 허리까지 굽히며 웃음을 터뜨렸다.

마지막 순서로는 '행운권 추첨'이 있었다. 그런데 한 선생님이 바쁜 일이 있다며 자기 추첨권을 내게 주고 먼저 자리를 떴다. 그런데 공교롭게도 그 선생님이 준 번호가 당첨되어 자전거를 받게 됐다. 아이들이 "와아아~" 하고 환호했지만, 나는 솔직하게 말했다.

"이 번호는 원래 ○○ 선생님 겁니다. 자전거는 주인에게 주도록 하겠습니다."

아이들은 "역시 우리 교장 선생님!" 하며 밝게 웃었고, 나는 뿌듯한 마음으로 무대에서 내려왔다.

다음 날, 교육청에 들렀더니 학무과장님께서 말씀하셨다.

"운동회는 많이 봤지만, 닭과 염소 잡는 프로그램은 처음입니다. 그보다 더 좋은 몸풀기 운동이 또 있을까?"

나는 웃으며 "열린 교육은 마음도, 운동회도, 닭도 염소도 함께 엽니다."라고 답했다.

이렇게 화곡초등학교의 운동회는 마을과 아이들이 하나 되는 축제의 장이 되었고, '열린 교육'의 진정한 의미를 온몸으로 실천하는 장이 되었다.

 교육은 교실이 아니라 함께 웃는 공동체에서 완성된다

교육이 학교 안에만 머문다면, 그것은 반쪽짜리 교육이다.

나는 화곡초등학교에서 운동회를 준비하며 한 가지 질문을 던졌다. "왜 학교 행사는 늘 학교만의 것이어야 할까?" 그 물음 끝에 시작된 것이 바로 '포도축제 겸 운동회'였다.

운동장을 마을 잔치로 바꾸자, 놀랍도록 따뜻한 일이 벌어졌다.

교육은 교실 밖까지 확대됐고, 아이들은 지역과 함께 뛰며 배웠고, 학부모는 단지 '관객'이 아닌 '공동체의 일원'이 되었다.

우리는 때때로 교육이 너무 어렵다고 말한다. 하지만 진짜 교육은 교과서 속에만 있지 않다. 닭과 염소를 함께 잡으며 웃고 뛴 그 하루의 기억은, 어떤 수업보다 오래 남는 배움이 된다. 아이들은 흙먼지를 일으키며 뛰었고, 학부모는 염소를 잡으며 아이처럼 웃었다. 닭을 붙잡는 작은 손끝에서, 아이들은 '협동'과 '집중력'을, 염소와 씨름하는 어른들 속에서 아이들은 '어른들의 순수한 동심'을 읽었다.

운동회는 단지 체육 프로그램이 아니라, 사람과 사람을 연결하는 보이지 않는 마음의 끈이었다. 그날 나는 무대 위에서 단지 "당첨자가 자리에 없어도 자전거는 원래 주인에게 돌아가야 한다."고 말했을 뿐이다. 그러나 아이들은 그 순간의 나를 바라보며, 작은 정직함 하나가 얼마나 큰 울림과 신뢰를 만드는지, 마음 깊이 새겨 두었을지도 모른다.

나는 깨달았다. 교육이란 무엇을 가르치는가가 아니라, 어떤 태도로 살아가는지를 보여 주는 일이라는 것을. 한 사람의 정직과 성실, 작은 행동이 아이들의 마음 속에 오래도록 살아남아 그들 삶의 기준과 본보기가 된다는 사실을.

지역과 학교가 분리되지 않는 순간, 우리는 비로소 '공공의 교육'을 시작하게 된다. 학부모는 더 이상 구경꾼이 아니고, 마을은 더 이상 배움의 경계 밖에 있지 않다. 마을 축제 같은 운동회 속에서 아이들은 배웠다. '우리 학교는 함께 웃는 곳'이라는 따뜻함, 그리고 '어른과 아이가 함께 만드는 하루가 얼마나 소중한가.'를.

열린 교육은 교육과정의 유연성만을 뜻하지 않는다. 그것은 마음을 여는 일이며, 학교의 문을 마을을 향해 활짝 열어젖히는 일이다. 열린 교문을 통해 들어온 포도, 닭, 염소, 그리고 웃음은 무엇보다 순수한 교육의 언어였고, 그 언어가 가득했던 하루는 아이들에게 평생 기억될 인생의 한 장면이 되었을 것이다.

결국 교육은 행정의 결과가 아니라, 사람이 만든 경험의 축적이다. 그날의 운동장은 수업보다 깊은 배움의 장이었고, 교육이란 결국, 삶과 웃음, 그리고 공동체를 향한 마음의 확장이어야 한다는 진리를 몸으로 실감한 순간이었다.

영동 부용초
- 교육은 말이 아니라 장면으로 기억된다

장학사 시절에 열심히 했던 것이 평가받았는지, 영동교육청 학무과장(장학관)으로 발령받았다. 과장으로 2년을 보낸 후 다시 학교 현장으로 가기를 원했더니 가까운 부용초등학교로 보내 주었다.

그 학교는 교육청과 가까워 자주 들르던 곳이라, 보완할 점을 잘 알고 있었다.

부임 첫날부터 나는 손에 삽을 들었다.

학교 마당의 수목을 정돈하고, 군대에서 만났던 동서에게 리어카를 빌려 운동장 가장자리의 돌들을 치웠다.

버려진 공간엔 원두막을 지어 아이들이 쉴 수 있게 했고, 낮은 언덕의 바위엔 튼튼한 밧줄을 묶어 로프 타기 놀이 공간을 만들었다.

겨울엔 언덕을 썰매장으로 바꾸었고, 매주 수요일은 숲 속 음악 조회로 자연 속에서 정서를 기를 수 있게 했다.

학생 조회도 조금 달리 했다. 내 훈화보다 아이들이 촌극을 준비해 올리도록 했다. 그중 가장 기억에 남는 장면을 소개하면 이렇다.

양쪽 끝에 빵을 놓고, 두 아이가 허리를 묶은 채 서로 빵을 먼저 먹으려 다투다 결국 합의하여 함께 빵을 먹는 이야기.

연습도 필요 없는 단순한 아동극이었지만, 아이들은 '양보와 협동'이라는 개념을 몸으로 이해하게 되었다. 아이들 스스로가 표현한 만큼 이보다 강력한 가르침은 없었다.

여름엔 학부모와 함께 야영을 했다.

하늘을 보며 별자리를 관찰하고, 식사는 학생들이 마련하여 부모님과 나눠 먹는 활동으로 계획했다. 학부모들은 뒤에서 조용히 지도하며, 아이들이 부모의 노고를 몸소 느끼고 감사할 수 있도록 했다.

운동회나 야영활동 모두 '마을과 함께하는 교육'이었다. 어느 날 냇가 물놀이를 하던 중, 아이들이 담임 선생님을 몰래 들어 올려 물속에 풍당 빠뜨렸다. 모두가 손뼉을 치며 웃었고, 그 순간만큼은 선생님도 아이도 구분 없는 하나의 공동체였다.

이틀간의 수련이 끝나자, 나는 조용히 무언의 교육을 준비했다.

음식을 흘린 자리에 깐 비닐박스 5개를 가져와 조회 대 앞에 두고 말했다.

"여러분 즐거운 시간 보냈죠? 상품을 준비했습니다. 학급별로 확인해 보세요."

아이들은 기대에 부풀어 박스를 열었다가, 그 안에 담긴 자신들이 흘린 음식 찌꺼기를 보고 멋쩍은 웃음을 지었다.

그 어떤 훈화보다 강렬한 교육이었으리라.

부용초에서의 시간은 '가르친다'는 말의 무게를 다시 생각하게 한 여정이었다. 아이들은 듣는 말보다 함께한 순간과 풍경을 오래 기억한다.

나는 교장으로 부임한 첫날부터 훈화 대신 삽을 들었다. 낡은 운동장의 돌을 치우고, 원두막을 짓고, 언덕에 로프를 걸며, 겨울이면 썰매장을 만들었다. 아이들에게 말보다 몸으로 된 공간, 기억으로 남는 교육을 남기고 싶었기 때문이다.

정돈된 운동장보다 더 중요한 것은 아이들이 느끼는 '자기 삶 속의 학교'였다. 조회 방식도 달라야 했다. 내가 가르치는 대신 아이들이 스스로 표현하게 했다.

'양보와 협동'이라는 말보다, 함께 몸을 움직이며 나눔을 경험하는 시간이 훨씬 강력했다. 교사의 언어는 설명이 아니라 아이들이 체험할 수 있는 기회를 만들어 주는 것이어야 한다.

야영에서 손수 음식을 해 먹고 별을 올려다보는 시간, 자연 앞에서 겸손을 배우고 돌봄의 마음을 체득한 경험은 아이들의 기억 속에 오래 남았을 것이다. 이틀간의 야영을 마친 후 남겨진 음식 찌꺼기가 담긴 비닐 박스를 보여 주었을 때, 말로 하는 훈화보다 훨씬 직접적으로 아이들이 스스로의 행동에 책임감을 가져야 한다는 배움으로 기억되었을 것이다.

교육이란 도덕을 가르치는 것이 아니라, 양심이 스스로 깨어나도록 돕는 일임을 나는 다시 깨달았다. 그 본질은 거창하지 않다. 아이와 함께한 순간, 함께 흘린 땀방울, 그리고 무심하게 놓인 장면 하나 속에서 스며든다. 아이들은 말로 배우지 않는다. 아이들은 장면으로 배운다.

그리고 그 장면을 만드는 일이, 교사의 진짜 임무임을 나는 확신한다.

금붕어 묘 - 금붕어가 남긴 마음의 교육

어느 날 아침, 학교 정문을 지나 교장실로 향하던 나는 교실 옆 화단에서 웅성거리는 아이들 몇을 발견했다. 다가가 보니, 아이들이 화단의 땅을 열심히 파고 있었다. 옆에는 손 글씨로 정성껏 쓴 표지판이 놓여 있었다. "금붕어 묘지".

"우리 반 금붕어가 죽었어요…. 그래서 묘를 만들고 있어요."

아이들의 눈망울은 슬프지만 진지했고, 손은 바쁘게 움직이고 있었다. 나는 그 모습을 한참 지켜보다가 조용히 말을 건넸다.

"참 예쁘고 따뜻한 마음이구나. 이건 학교신문에 꼭 소개해야겠다."

며칠 뒤, 학교신문에 이런 동시가 실렸다.

금붕어 묘

날마다 우리를 반기던
교실의 금붕어가
오늘은 뜬눈으로
어항 위로 떠올랐다

우리가 보고 싶어

눈을 감지 못했나 보다

우리는 금붕어를

양지바른 곳에 묻고

비석도 세우고

들꽃도 심었으며

서운한 마음도 함께 묻었다

신문이 발행된 후, 지역의 여러 교장 선생님들께서 전화를 주셨다.

"정서교육에 이보다 더 좋은 예가 있을까요?"

"아이들의 동심을 그대로 키워 주는 학교 분위기가 부럽습니다."

아이들에게 감정의 결을 존중받는 경험은 잊히지 않는 마음의 풍경으로 남아, 앞으로의 삶 속에서 스스로를 지켜 주는 단단한 힘이 될 것이다.

금붕어는 떠났지만, 아이들의 마음속에 '그리움'이라는 씨앗 하나가 심어졌다.

그것은 교과서나 시험으론 절대 가르칠 수 없는 값진 경험의 순간이었다.

 ## 감정이 머무를 곳이 있을 때, 비로소 교육은 시작된다

교육은 언제나 교과서 위에서만 이루어지는 것이 아니다. 때로는 아주 작고 조용한 죽음 앞에서, 아이들은 생명을 느끼고, 그리움을 배우며, 감정을 길러간다.

어느 아침, 아이들이 화단을 조용히 파며 만든 "금붕어 묘지"는, 한 생명의 죽음을 슬퍼하는 어린 마음들의 작은 의식이자, 진정한 정서교육이었다.

그 순간, 나는 깨달았다. 정서적 감수성은 가르치는 것이 아니라, 아이들을 가만히 지켜봐 주는 데서 비롯된다는 것을. 죽음을 마주한 아이들의 손은 슬프도록 조심스러웠고, 그 곁에 놓인 손글씨 표지판은 마치 누군가의 이름을 처음으로 정성껏 써 내려간 시처럼 가슴을 울렸다. 금붕어를 묻고, 비석을 세우고, 들꽃을 심는 일련의 과정 속에서 아이들은 이별을 준비하고, 슬픔을 나누며, 추모를 통해 마음을 회복하는 법을 배워 가고 있었다.

그날 아이들의 표정을 나는 오래도록 잊지 못했다. 슬픔을 숨기지 않으면서도 정성스럽게 땅을 고르는 아이들, 금붕어가 좋아할 것 같다며 꽃을 고르는 손끝에서, 나는 아이들이 감정의 깊이를 키우는 진짜 교육을 경험하고 있음을 보았다. 그것은 시험 점수나 상장으로는 환산할 수 없는, 인간다움의 뿌리였다.

학교신문에 실린 '금붕어 묘' 동시는 단지 사건의 기록이 아니었다. 그것은 아이들의 마음이 글이 되는 순간, 그리고 그 글이 또 다른 마음에 울림을 주는 교육의 아름다운 선순환이었다. 전화를 걸어온 교장 선생님들은 이 장면이야말로 "가장 이상적인 정서교육"이라 말했지만, 그건 그저 아이들의 마음이 허락된 공간에서 자유롭게 표현되었기 때문이었다.

우리는 종종 교육을 너무 성과 중심으로만 생각한다. 그러나 삶은 성과보다 감정이 먼저라고 생각한다. 슬픔을 인정받은 경험이 없는 아이는 타인의 아픔을 공감하기 어렵다. 그리고 타인의 죽음을 애도해 본 적이 없는 마음은, 결코 생명의 소중함을 진심으로 알 수 없다.

금붕어는 짧은 생을 마감했지만, 그 죽음이 아이들의 마음에 남긴 '그리움'이라는 감정의 씨앗은 오래도록 자라날 것이다. 그리움은 마음을 여는 감정이고, 타인을 향한 다리이자, 내가 살아가는 이유를 되묻는 힘이 된다.

그날 아이들은 금붕어와 이별했지만, 나는 그 자리에서 교육의 본질을 다시 만났다. 그것은 바로 아이들의 감정이 존중받고, 그 감정을 표현할 수 있는 공간을 열어 주는 일이었다.

금붕어는 하늘나라로 떠났지만, 아이들의 마음에는 이별과 기억이라는 중요한 단어가 조용히 새겨지고 있었다.

아이는 다듬어진 분재가 아니다

어느 날, 교장실 문이 살며시 열렸다.

유치원 어린이 한 명이 조심스레 얼굴을 내밀며 말했다.

"교장 선생님, 급히 전화할 일이 있는데 전화 좀 써도 돼요?"

"그래, 하거라."

수화기를 들자마자 아이는 말했다.

"엄마, 지금 빵하고 우유가 있는데, 어느 걸 먼저 먹어야 해?"

순간 나는 할 말을 잃었다.

"네가 먹고 싶은 대로 먹으면 되지, 그런 것도 엄마한테 물어보니?"

그러자 아이는 말한다.

"우리 엄마는 제 마음대로 하면 혼내요."

"그래? 그럼 학교 올 땐 '어느 발부터 떼어야 해요?' 하고 물어보고 오니?"

"그건 제 맘대로 해요."

나는 웃었지만, 동시에 걱정이 앞섰다.

분재처럼 가지를 이리저리 굽혀 기르는 부모 밑에서 아이는 숨 쉴 공간이 없었다.

이 일이 계기가 되었다. 나는 유치원 자모회를 소집하여 부모들에게 당부했다.

"과보호는 자녀의 앞날을 망칩니다. 지시보다는 자율을 가르쳐야 합니다. 아이들은 산과 들에 피어나는 꽃처럼 스스로 자라야지, 어른들의 손에 강제로 다듬어진 분재가 되어서는 안 됩니다."

그 말에 어머니들은 고개를 끄덕였다.

며칠 후, 유치원 교사 한 분이 사직서를 들고 찾아왔다.

"교장선생님, 제 아이 교육 때문에 사직을 해야 할 거 같아요. 아이가 정서불안 증세가 있어서요."

이야기를 들어 보니, 자주 이사를 다닌 탓에 아이는 어린 시절부터 여러 사람에게 맡겨져서 사람을 무서워하고 정서가 불안정했던 것이었다.

나는 조심스럽게 성급한 결정보다는 조금 더 시간을 가져 보자고 조심스럽게 권했다.

"지금 선생님이 퇴직하고 돌본다고 해서 바로 나아질 것 같지 않습니다. 소아정신과 전문의와 상담해 보고 그 결과에 따라 판단해도 늦지 않을 것 같아요. 사직서는 우선 반려하겠습니다."

그분은 고개를 숙이며 보여 준 관심에 감사 인사를 했다.

하지만 내가 청주로 전보되고 나서, 결국 사직서를 냈다는 소식을 들었다.

교육 현장에서 가장 자주 마주하는 것은 '아이의 문제'가 아니라, 그 이면에 숨어 있는 '부모의 문제'다.

유치원 아이가 교장실에 들어와 빵과 우유 중 어느 것을 먼저 먹어야 하냐고 물었을 때 단순한 질문 같았지만, 그 안에는 자율성을 잃은 어린 마음의 무거운 그림자가 담겨 있었다.

엄마의 허락 없이는 사소한 결정조차 스스로 하지 못하는 그 아이는, 이미 '자유로운 존재'로 자라지 못하고 있었던 것이다.

"그건 네 마음대로 해도 되지 않니?"라는 내 말에 돌아온 대답, "우리 엄마는 마음대로 하면 혼내요."는 분재처럼 다듬어진 삶의 흔적을 고스란히 보여 주었다. 자율이 없는 성장, 선택이 없는 학습은 아이를 결국 자기 결정 능력이 없는 존재로 만들고, 그 결과는 정서 불안, 낮은 자존감, 타인의 시선을 과도하게 의식하는 어른으로 이어질 수밖에 없다.

지시와 통제 속에서 잘라내고 꺾어 키운 아이들은 결국, 자기 뿌리를 모르고 타인의 기대에 길들여진 존재로 자라난다. 자율 없는 유년기는 창의도, 감정도, 생각도 움틀 수 없는 토양이다.

자모회 자리에서 몇몇 어머니들은 고개를 끄덕였고, 어떤 이는 조용히 눈물을 훔쳤다. 그 눈물은 이미 지나가 버린 시간에 대한 안타까움이었을까, 아니면 이제라도 바꾸고자 하는 마음의 싹이었을까?

"엄마, 어느 걸 먼저 먹어야 해?"

그 아이는 잘 자랐을까? 지금은 어떤 어른이 되었을까? 그 이름도 얼굴도 흐릿해진 아이의 음성이, 지금도 내 기억의 어귀에서 조용히 울려온다.

그 질문은 어쩌면 세상에 던져진 아이들의 외침일지도 모른다.

"나는 선택해도 괜찮은 존재인가요?"

그 물음에 '그래, 네가 결정해도 돼.'라고 대답해 줄 수 있는 어른, 그런 어른이 되는 일, 그것이 우리가 아이들을 위해 준비해야 할 교육의 시작일 것이다.

교사라는 직업인과 한 아이의 엄마 사이에서 사직서를 제출하는 유치원 교사를 보며 나는 무심히 말할 수 없었다. 교사로서의 역할과, 엄마로서의 책임감 사이에서 조용히 무너져가는 마음이 느껴졌기 때문이다.

교육은 타이밍의 예술이기도 하다. 때로는 내려놓기보다, 조금 더 버텨 주고 함께 기다리는 일이 더 큰 교육이 되기도 한다. 그러나 그것이 자기 일이 되었을 때 쉽게 결정을 내리기는 쉽지 않다.

그분은 결국 훗날 사직했지만, 그 결정을 하기까지 충분히 생각하고, 아이와 시간을 나누었기를 바란다.

공간은 건축이 아니라 철학으로 완성된다

어느 날 도 교육청 유치원 장학사님이 본교를 방문했다. 나는 기회를 놓치지 않고 간곡히 요청드렸다.

"유치원이 너무 낡았습니다. 신축이 꼭 필요합니다."

장학사님은 흔쾌히 약속하셨고, 곧 교육감님께서도 직접 방문하셔서 긍정적인 답변을 주셨다.

이제 남은 건 부지 선정이었다.

유치원 교사들은 운동장을 선호했다.

"운동장 한쪽에 지으면 아이들이 뛰어 놀기에도 좋고, 접근성도 뛰어나요."

그러나 나는 고개를 저었다.

"운동장은 아이들이 마음껏 뛰어야 할 공간입니다. 유치원을 거기 짓게 되면, 운동장이 좁아지는 것은 물론 학생들이 공놀이하다가 유리창 깨지는 사고도 우려 됩니다."

다행히도 내 주장에 공감하는 교사들이 많았다.

결국 본관 뒤편의 공한지로 부지가 확정되었고, 교육감님의 승인 하에 공사가 시작되었다.

마침내 아이들을 위한 밝고 예쁜 유치원이 완공되었다.

그 공간은 단순한 건물이 아니라, 아이들의 웃음과 배움이 시작되는 작은 꿈의 궁전이었다.

아이를 위한 공간이란, 그 아이의 감정을 품는 여백이다

학교 공간은 단순히 '건물'을 짓는 일이 아니다. 그것은 어떤 가치를 지키고, 어떤 아이들을 키우고 싶은가에 대한 철학적 선택이기도 하다.

유치원 신축을 논의하면서 나는 분명한 신념을 지니고 있었다. 운동장은 아이들이 '날개'를 한껏 펼치는 공간이어야 한다. 공 하나를 맘껏 찰 수 없는 운동장은 이미 운동장이 아니라, 통제된 마당일 뿐이다.

유치원 선생님은 진심으로 아이들을 생각하며 운동장 한 켠을 제안했고, 그 이유는 충분히 이해되었다. 접근성, 활동 편의성, 공사 편의 등 유리한 점도 많았다. 그러나 나는 그 순간, '좋은 조건'보다 더 큰 그림을 그리는 상상을 했다. 지금의 편의보다 아이들이 미래에 느낄 자유와 확장감, 그 감정을 지키고 싶었다.

운동장은 단순히 아이들이 노는 곳이 아니다. 그것은 숨 쉬는 감정이 자유롭게 펼쳐지는 무대이며, 아이들의 상상이 날개를 펴는 푸른 캔버스다. 공을 쫓다 넘어지기도 하고, 큰 소리로 웃기도 하고, 친구와 부딪히며 감정을 배우는 곳. 그 전부를 감싸주는 '빈

공간'이 함께 할 때 교육은 살아 있게 된다.

결국 우리는 본관 뒤편의 공한지를 선택했고, 그 결정은 아이들에게 놀이의 권리를 지켜 준 결정이었다. 그곳에 세워진 유치원은 단지 예쁜 외관을 가진 신축 건물이 아니라, 아이들이 중심이 되는 학교 공간 구성의 철학이 반영된 결과였다.

공간은 결국 그곳을 사용하는 사람의 마음을 닮게 되어 있다.

비어 있어야 가치를 더하는 운동장에서 우리는 '학교의 모든 공간이 어떻게 구성되어야 하는지'를 고민하였다.

유치원 신축은 단순한 건축이 아닌, 교육 공간 구성에 대한 고민이었다. 아이들을 위한 공간은, 그 아이들의 미래까지 결정하게 되니까.

아이들이 더 넓게, 더 높게 뛸 수 있는 여백을 남겨 주는 선택.

그 여백이야말로 교육의 본질이라고 나는 믿는다.

교육장 연수
– 마침표가 아닌 느낌표로 남은 배움의 시간

나는 초등학교에서 정년을 맞이하며 조용히 교단 생활을 마무리할 생각이었다.

그러던 중 뜻하지 않은 교육장 연수에 지명되었다. 서울대학교에서 4개월간 유명 교수님들의 강의를 듣고, 유럽 6개국의 선진교육 현장을 탐방하는 일정이었다.

'정년을 앞두고 이런 기회라니, 마지막 불꽃처럼 뜨겁게 배우자.'는 마음으로 참여했다.

독일, 프랑스, 이탈리아, 헝가리, 오스트리아, 로마 바티칸시티를 돌아보며, 나는 한국 교육의 틀 속에서 미처 보지 못했던 것들을 많이 깨달았다.

유럽의 학교는 대부분 운동장이 없었다. 운동은 지역 공설운동장을 활용하고, 학교는 온전히 학습 공간에 집중하고 있었다.

수업은 토론 중심이었고, 생활지도는 지시보다는 자율에 기반을 두고 있었다.

특히 인상 깊었던 점은, 교사들의 잡무가 거의 없었다는 것.

오로지 수업과 학급경영에만 전념할 수 있도록 체계가 갖춰져 있었다.

학급당 학생 수도 30~35명 수준으로, 학습지도에 여유가 느껴졌다.

교실의 환경도 전시용이 아닌, 학습 결과물과 실질적 자료들로 채워져 있었다. 조회도 없고, 담임교사의 자율권이 존중되는 문화는 우리 교육의 방향성에 많은 생각을 던져 주었다.

이탈리아에선 폼페이 유적지를 방문했다. 화산재 속에 묻혀 있던 고대 도시가 발굴되어, 당시 사람들의 삶의 흔적을 그대로 보여 주고 있었다.

그 모습을 바라보며 문득 떠오른 생각은, 청주에 있는 남석교 같은 유물을 하루빨리 발굴해야 한다는 것이었다. 아이들에게 우리 문화의 뿌리를 직접 보여 주는 교육, 바로 그것이 살아 있는 역사 교육이라고 생각하고 있었기 때문이다.

프랑스 파리에선 에펠탑 꼭대기까지 올라가 보았다.

탑 내부에는 층마다 음식점과 상점이 가득했다. 겉으로 보기엔 단순한 탑이지만, 국가 경제를 위한 관광뿐 아니라 학습과 체험을 겸한 공간으로 복합적으로 활용되고 있는 점에 감탄했다.

그리고 차 안에서 인솔자가 프랑스 국립도서관에 직지가 소장되어 있는데, 세계에서 제일 오래된 금속활자본이라며 청주에 있는 고인쇄박물관에 가면 자세하게 알 수 있다고 말하였다.

마침 그 당시 장남이 청주시 문화관광계장으로 있었기 때문에, 나는 차 안에서 연수생들에게 '직지'의 내용을 보충 설명했고, 연수가 끝난 뒤 모두를 청주로 초청했다.

직지가 탄생한 흥덕사지에 세워진 청주 고인쇄박물관과 세종대왕의 눈병 치료와 세계 3대 광천수로 유명한 초정약수를 방문지로 선택하여, 연수생들이 '직지'에 담긴 우리 활자의 우수성을 직접 체험할 수 있도록 하였다.

그렇게 알차게 4개월의 연수를 마치고, 다시 학교로 복귀신고를 했다.

진짜 마침표는, 끝까지 배우고 남기는 느낌표다

누구나 삶의 끝자락에는 잠시 숨을 고르고, 평온히 쉬어 가고 싶은 유혹이 있다. 나 또한 그랬다. 초등학교 교단에서 정년을 맞이하며, 아이들 곁에서 소박하게 작별을 준비하고 있었다. 그런데 삶은 마지막 순간까지 나를 향해 묻고 있었다.

"지금 이대로 조용히 물러날 것인가, 아니면 한 번 더 뜨겁게 나를 불태울 것인가."

그렇게 시작된 것이 서울대학교 교육장 연수였고, 유럽 6개국의 교육 현장을 직접 보는 여정이었다.

독일의 학교에선 운동장이 없다는 사실이 오히려 학교의 역할과 한계를 되돌아보게 했다. 물론 공간적인 제약 때문에 그럴 것으로 생각되지만 유럽의 학교는 학습을 위한 공간, 아이들의 지적 호기심을 키우는 것에 초점을 맞추고 있었다.

수업은 지식 전달이 아닌 토론과 탐구의 시간으로 구성되어 있었고, 교사들은 행정일에 치이지 않고 교사의 본분에만 집중하며 살아가고 있었다. 그 모습은 나에게 충격이었고 부러움으로 다가왔다.

우리나라는 교사에게 너무 많은 역할을 요구하고 있지 않은가? 진짜 교사의 삶이란, 아이들의 곁에서 수업을 통해 존재감을 드러내야 하는 것이 아닌가?

이탈리아의 폼페이 유적에서, 화산재 속에 잠들었던 고대 도시를 보며 우리가 무엇을 지켜야 하는가를 떠올렸다. 단지 건물의 유산이 아니라, 기억의 유산, 문화의 뿌리를 지키는 것이 교육의 사명이라는 것을 말이다.

프랑스 국립도서관에 있는 금속활자본 '직지'의 이야기를 들으며, 역사란 단순히 박제된 기록이 아니라, 현재의 자부심이자 미래의 가능성이라는 사실을 되새겼다.

연수가 끝난 후에 시행한 청주고인쇄박물관 방문은 우리 인쇄문화의 위대함을 알리는 좋은 기회였다.

나는 생각했다. 교육은 책 안에서만이 아니라, 모든 공간과 경험 속에서 살아 숨 쉬는 것임을.

4개월간의 배움은 결코 작지 않았다. 오히려 교직 인생 내내 쌓아온 교육관을 정리하고, 새로운 방향을 마주하는 마지막 배움의 시간이었다.

나는 이제 안다. 진짜 마침표는 조용히 찍는 것이 아니라, 끝까지 배우고 나누며 남기는 느낌표라는 것을.

그리고 그 느낌표는, 내 안에 교육자로서의 자부심으로 영원히 남아 흔들리지 않을 것이다.

한국교육자대상 – 한평생 뿌린 씨앗에 꽃이 피다

소이초등학교 근무 당시, 훌륭하신 교감 선생님을 추천하여 그분이 한국교육자대상을 수상할 수 있도록 도운 적이 있었다.

정부 정책으로 갑자기 정년이 단축되어 퇴임이 가까워오자, 마음 한편에서 그때 생각이 났다.

나도 평생 교직생활에 남다른 열정을 쏟아왔던 터라, 마지막만큼은 의미 있게 마무리하고 싶었다.

교감 선생님의 추천으로 한국교육자대상 지원서를 제출했고, 기대 반, 체념 반의 마음으로 결과를 기다렸다.

그런데 어느 날, 정말로 연락이 왔다.

"이상성 교장선생님께서 한국교육자대상 수상자로 선정되셨습니다."

그 말을 듣는 순간, 나는 믿기지 않아 눈을 감았다 떴다 했다.

"정말 내가?"

이름이 불리던 그 날, 마음은 마치 갓 부임하던 신임 교사 때처럼 설렜다.

수상 전날, 아내와 함께 지정된 호텔에 머물게 되었다. 우리 부부에겐 생애 첫 호텔 숙박이었다. 나는 설레면서도 어딘지 모르게 서툴렀고, 아내는 연신 나에게 이것저것 물어보았다. 그런데 정작 나도 정확히 아는 것이 없어, 우물쭈물하다 미안한 마음만 들었다.

그 순간 문득, 물동이를 이고 오던 젊은 시절의 아내 모습이 떠올랐다. 결혼 후 처음으로 농촌 생활을 시작했던 아내는, 쥐꼬리만 한 월급과, 낯선 시댁 살이, 익숙지 않은 가사노동에 많이 힘들어했다.

물을 절반이나 흘리며 물동이를 이고 오는 모습을 보며 '귀하게 자란 처녀를 내가 고생만 시키는구나.' 싶어 가슴이 저려 왔었다.

그날 밤 호텔 침대에 나란히 앉아 이런저런 이야기를 나누던 중, 아내는 조심스레 입을 열었다.

"나 사실, 처음엔 너무 서러워서… 물동이도 못 이고, 들일도 못 해서 시집살이가 더 심했어요. 그때는 혼자 울기도 많이 했어요."

그 말을 듣는 순간, 나는 아무 말 없이 아내를 안았다.

그 동안 고생만 시킨 남편이었던 것 같아, 괜히 목이 메었다.

"이젠 더 웃읍시다. 앞으로 더 잘할게요."

그 다음 날, 수상식장에 도착했더니 과거 교육장 강습 때 강의하시던 교수님이 문교부 장관으로 있었다.

내 손을 잡으며 진심으로 축하해 주셨다.

상패를 들고 단체 사진도, 부부 사진도 남겼다.

그 사진은 액자에 담겨 가족과 친구들의 자랑이 되었다.

그뿐만이 아니었다.

한국일보사에서는 부부동반 제주도 여행까지 선물로 마련해 주었다.

제주에서 우리는 신혼부부 복장을 하고 신식 결혼사진을 촬영했다.

아내의 소원이었던 그 사진은 지금도 화장대 유리 밑에 소중히
놓여 있다.

그 사진을 볼 때마다, 이미 내 곁을 떠난 아내의 웃음이 떠올라
가슴 한편이 시려 온다.

폭포 아래선 두 손을 꼭 잡고
"이제까지의 걱정은 이 물에 씻어내자."고 말했고,
넓은 바다를 보며
"우리 마음도 이만큼 넓게 살자."고 다짐했다.
귤 농장에선 욕심 내다 배탈이 나기도 했고, 해녀의 숨 참는 끈
기를 보며 삶의 방식이 정말 다양하다는 걸 느꼈다.
돌담의 구멍도 바람을 품기 위한 지혜라는 이야기에 고개를 끄
덕이기도 했다.
여행의 끝자락에 백록담을 만나보고 시 한 수를 남겼다

백록담

먼 옛날 불덩이를 토한 입이 뜨거워서
쪽빛 물 가득 물고 자기 몸을 식히느라
안개로 가린 모습이 궁금증을 더한다

소년문학 1920년 10월호에 발표

이 여행은 우리가 가지 못했던 뒤늦은 신혼여행이자, 가장 고운 삶의 여정이었다. 사진첩 속 웃는 아내의 얼굴은 내 삶의 영원한 꽃이 되었다.

수상 기념으로 '겨레의 스승'이라는 제목의 노래를 작사하여 보았다.

겨레의 스승 노래(작사 이상성 / 작곡 이상옥)

1절
사랑과 정성으로 헌신하면서
제자들의 빈자리를 채우는 우리
한국의 스승상을 정립하면서
새나라 새 일꾼을 보듬어 가자

2절
이 나라 이 겨레의 번영을 위해
교육입국 기반을 다지는 우리
한국 교육 발전을 선도하면서
시대를 앞서 가는 새 길을 트자

3절
오대양 육대주를 마음껏 누빌
유능한 인재들의 길을 트는 우리

한국의 세계화를 향도하면서
겨레의 스승으로 우뚝서자

 ## 내가 남긴 건 상이 아니라 기억하는 사람이다

영광은, 때로 생각지도 못한 순간에 찾아온다.

나는 그 사실을 인생의 가장 깊고 조용한 시간에 알게 되었다.

평생을 학교에서 손끝으로 아이들의 꿈을 일구었고, 발끝으로 교정의 흙을 눌러 다져왔다. 특별한 것을 바라지 않았다. 교실은 작고, 칠판은 낡았지만, 아이들의 눈빛 하나면 하루를 견디기에 충분했다. 그렇게 견디다 보니 어느새 퇴임이 다가왔고, 나는 나름대로의 마침표를 준비하고 있었다.

그때 불현듯 찾아온 한국교육자대상 수상 소식은 내가 걸어온 길이 결코 헛되지 않았음을, 그리고 그 길이 누군가의 마음속에 작은 의미로 남아 있었음을 일깨워 주는 따뜻한 위로였다. 그것은 세상이 알아주는 한순간의 훈장이 아니라, 함께 걸어온 이들과 나눈 수많은 기억과 이야기가 빚어낸 상이었기에 더욱 깊은 울림이 있었다.

오랜 세월 내 그림자에 가려 묵묵히 곁을 지켜 준 아내, 이름 없이 교실 뒤편을 채워 준 수많은 동료 교사들, 그리고 무엇보다도 어린 날의 마음을 품고 살아가던 제자들. 그들이 있어 이 늦깎이 영예는 더없이 따뜻했다.

수상보다 값졌던 건 그 여정을 함께 기억해 주는 사람들의 마음이었다. 웃으며 건네던 "수고하셨습니다."라는 인사 속엔, 우리가 함께했던 시대의 숨결이 묻어 있었다. 눈부신 순간이기보다는, 고된 길 끝에서 마주한 조용한 위로였다.

살아 보니, 교육이란 결국 '기억에 남는 사람'이 되는 일이었다.

가르침이 지식이 아닌 온기로, 훈화가 지시가 아닌 다정함으로 남을 때, 비로소 그것은 교육이 된다.

나는 그제야 알게 되었다.

가르치는 자의 삶은 칠판에 적은 글처럼 사라지지만, 마음에 새긴 울림은 지워지지 않는다는 것을.

그리고 이제야, 비로소 이렇게 말할 수 있을 것 같다.

"나의 교직 인생은 부족했지만, 헛되지 않았다."

정년퇴임 - 물러난 자리에는 흔적이 남는다

어느 날 영동 교육장님께서 말씀하셨다.

"교육감님께서 영동 고향 사람을 교육장으로 보내신다던데, 혹시 교장 선생님 아닐까요?"

나는 웃으며 대답했다.

"충북은 교육장 강습을 안 받은 분도 발령되는 곳이라 큰 기대는 하지 않고 있습니다. 좋은 소식 있으면 연락 드리겠습니다."

하지만 기대는 기대일 뿐 다른 분이 발령을 받았고, 갑작스런 정부의 정년단축으로 더 이상 교육장을 기대하기 어려웠다. 예전 정년으로는 아직 4년이 남아 있었지만 정책 변화로 3년이나 앞서 정년 퇴임을 해야 했기 때문이었다.

'마지막까지 나를 필요로 하는 곳에서, 나답게 마무리하자.'

나는 조용히 그러나 확고히, 가족이 있는 청주 소재의 초등학교를 희망했다. 교감으로 승진한 뒤 가족과 떨어져 지낼 수밖에 없었기에, 교단 인생의 마지막은 가족이 있는 곳에서 내가 사랑하는 자녀들과 함께하고 싶었다.

청주 봉명초등학교로 발령을 받은 나는, 교단 인생의 마지막 열정을 쏟아부으며 그동안 연구학교 책임자로 성실히 쌓아온 지식과 경험을 모두 펼쳐보고자 했다.

수업 시작 전에는 내가 직접 작사한 "아.가.모(아끼고, 가르고, 모으는)" 운동 노래를 금강산 노래 곡조에 맞춰 방송으로 송출했고, 그 노래는 아이들뿐 아니라 인근 주민들까지 흥얼거리며 실천하는 생활 운동으로 자리 잡았다.

등나무 그늘 아래 의자를 정비해 아이들이 편히 쉴 수 있도록 하고, 쓰레기 분리수거를 철저히 지도했으며, 울타리 수목을 단정히 전지하고 운동장을 깔끔히 정리했다.

교지의 이름도 '봉황둥지'로 바꾸어 아이들이 직접 기획하고 참여하는 방향으로 개편했고, 학교 신문은 형식적인 틀을 깨고 편집·사진·색상까지 혁신해 아이들이 '보고 싶어지는 신문'으로 만들어 냈다.

또한 단군 시조상을 세워 아이들에게 건국 이념을 알리고, 우리 역사의 뿌리를 되새기게 했다.

당시 학교의 가장 큰 현안은 떨어져 있는 전관과 후관을 연결하는 일이었다. 비가 오거나 운동장이 젖으면 이동이 불편해 통로가 절실했으나, 소방법 위반 소지가 있다는 이유로 교육청에서 반대했다. 그러나 나는 포기하지 않고 건축사인 학부모와 협의해 도교육청 시설과장을 설득했고, 결국 예산을 확보하여 내가 퇴임한 후 공사가 마무리되었다.

마지막 햇살, 아이들 마음속에 남기다

돌이켜보면, 정년퇴임은 단순한 '끝'이 아니었다. 그것은 내가 걸어온 길을 한 번 더 뜨겁게 비추는 마지막 햇살이었고, 내가 사랑했던 아이들과 학교를 위해 남은 힘을 모두 쏟아붓는 시간이기도 했다.

봉명초등학교에서 보낸 그날들은, 내게 '퇴임'이라는 단어를 무색하게 만들 만큼 살아 있는 열정의 시간이었고, 매일이 새로운 시작 같았다.

아이들의 웃음을 위해 만든 노래가 동네 어귀까지 흘러나가고, 깨끗이 다듬어진 운동장과 가지런한 나무들이 바람에 흔들릴 때마다, 나는 비로소 '교사의 손길이란 이런 것이구나.' 하고 느꼈다.

행정의 벽 앞에서도 포기하지 않았던 연결 통로 공사처럼, 아이들의 길을 넓히고 안전하게 만드는 일이라면 어떤 어려움도 두렵지 않았다.

이제 그 자리를 떠났지만, 내가 남긴 흔적은 여전히 아이들의 발걸음과 함께 숨 쉬고 있을 것이다. 비록 나는 물러났지만, 정성으로 가꾼 교정과 그 안에 스며든 작은 변화들은 앞으로도 오래도록 사람들의 기억 속에서 살아남을 것이다.

그리고 언젠가 누군가 그 길을 걸으며 '이 자리에는 참 좋은 사람이 있었다.'고 느껴준다면, 그것만으로도 나의 퇴임은 행복한 마무리가 될 것이다.

훈장을 받다

그러던 어느 날, 나는 대통령 명의의 훈장을 받았다.

눈물을 참지 못했다. 그건 훈장을 받아서가 아니라, 그동안 함께해 준 아이들과 선생님들, 그리고 먼 곳에서도 응원해 주던 제자들을 떠올리며 흘린 눈물이었다.

총 42년의 교직 생활. 13개 학교, 1500여 명의 제자들, 장학사 3년, 학무과장 2년, 그 모든 시간은 한 사람의 인생이자, 한 세대의 교육 역사였다.

퇴임하는 날, 각처에서 찾아온 제자들이 하나 둘 모여 축하해 주었다. 반가운 얼굴들이 많았지만, 그중에서도 수학여행 도중 교통사고로 가슴을 졸였던 제자 유윤수를 건강한 모습으로 다시 만났을 때의 기쁨은 이루 말할 수 없었다. 환하게 웃으며 내 손을 꼭 잡던 그의 눈빛은, 수십 년 전 그날의 긴박했던 순간을 생생히 되살려 주는 듯했다.

제자들과 함께 술잔을 나누며 옛 추억을 되새기는 시간은 더없이 따뜻했다. 어린 시절 글짓기를 함께 했던 아이들은 지금도 '글샘'이라는 이름으로 모임을 이어 가고 있다. 그 이름 속에는 당시의 정성과 열정, 웃음과 고민들이 고스란히 녹아 있다.

사라지는 교사가 아니라, 스며드는 사람이고 싶었다

훈장을 받는 순간, 나는 깨달았다. 교육의 가치는 결코 한 사람의 노력이나 업적에서 비롯되지 않는다는 것을. 그 시간 동안 함께 웃고 울었던 아이들, 서로를 지지하며 걸어온 동료들과의 하루하루가 모여, 비로소 의미 있는 빛을 만들어낸다는 것을.

눈물은 나를 위한 것이 아니라, 지나온 세월 속에서 쌓인 사랑과 정성, 그리고 서로에게 남긴 마음의 흔적을 위한 것이었다. 42년의 교직 생활은 숫자가 아니라, 수많은 작은 약속과 다짐, 그리고 마음 나눈 순간들의 연속이었다.

진정한 교육의 힘은 성적이나 기록 속에 남는 것이 아니라, 시간이 흘러도 제자들의 마음 속에서 따스하게 빛나며 이어진다는 것을 나는 믿는다. 그 빛은 가끔 스쳐 지나가는 손길과 웃음 속에서, 혹은 먼 훗날 누군가의 마음속에서 조용히 되살아난다.

훈장이 주는 영광보다 더 큰 것은, 이 길을 함께 걸어온 사람들과 나눈 마음과 기억, 그리고 그 속에서 피어난 희망과 믿음이라는 것을 나는 평생 잊지 못할 것이다.

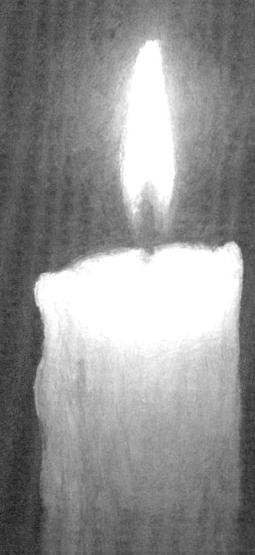

3부
—

삶을 비추는
또 하나의 길, 봉사

글 한 줄로 세상을 밝히는 글밭 공동체
- 충북글짓기지도회

"충북의 글밭도 갈아야 하지 않겠습니까?"

그 한마디가 씨앗이 되어, 충북 각지에서 글짓기 교육에 열정을 가진 선생님들이 뜻을 모았다.

그렇게 탄생한 것이 바로 '충북 글짓기 지도회'였다.

초기 창단 멤버는 다음과 같다.

김태하, 황수재, 오병익, 이일행, 조덕현, 오하영, 박길순, 장병학, 박병해, 손근호, 고병수, 민태진, 강산길, 최승옥, 이월행, 박병량, 서병익, 이철응, 정명옥, 신수영, 김수만, 이상성, 이완세, 강성근, 양병태, 박덕순, 이병관, 정삼수, 유영선, 민성기, 박노수, 유승덕, 노현석, 정인환, 김영학.

이 뜻 깊은 모임은 단순한 교육 네트워크가 아니라, 충북 아동문학의 물줄기를 열어 가는 실제적인 공동체였다.

이후 회장은 도교육청 초등교육과장님(이찬하, 김근세) 청주교대 임창순 학장님이 7년씩 21년간 맡아 수고하셨고, 점차 회원 중 교장·교감·장학사로 승진한 이들이 많아지면서 자생 운영 체제로 전환되었다.

나는 초대 총무로서 실무를 담당했고, 각 시·군 지부장도 선출하여 행정과 현장이 조화되는 체계를 잡아 갔다.

충북 글짓기 지도회의 행사는 다음과 같다.

1) 백일장 – 글씨앗이 움트는 자리

백일장이 열리면 미리 밀봉한 산문과 동시 공통으로 5가지 주제를 행사장에서 감독관이 개봉한 후 칠판에 공지한다.

공정한 심사를 위해 모든 원고에는 접수번호만 기입하고 인적사항은 분리하여 심사 후 매칭하는 방식으로 운영했다.

참여한 모든 아이들에게는 소정의 기념품과 상장이 주어졌고, 산문과 동시 부문 장원에게는 각각 장학금 10만 원이 수여되었으며, 지도교사에게는 교육감 지도상이 주어졌다. 장원 작품은 시상식에서 발표되며, 회지 《바른 글 고운 꿈》에 수록되었다.

이 장학금은 지금도 내가 희사한 천만 원의 이자와 창립 멤버 모임인 '한모임'의 찬조금 등으로 꾸준히 지급되고 있다.

2) 동화구연대회 – 동심을 말하다

초등 저학년과 유치원생이 대상이며, 학교당 2명씩 참가한다. 내용, 표현, 태도 항목에 따라 총 100점 만점으로 평가했고, 학부모도 함께 복도에서 참여할 수 있도록 배려했다.

심사는 퇴임 교장 2~3인을 위촉하여 공정하게 진행했으며, 내용은 창의성과 교육적 메시지, 표현의 진정성을 중점 평가했다.

최우수 발표자는 시상식에서 발표했고, 지도교사에게는 교육감

지도상이 수여되었다.

3) 학교신문 · 문집 콘테스트 – 글을 품은 학교

학교신문 콘테스트도 실시하여 상을 주었다. 어린이 참여도, 편집의 선명도, 지속성 등을 기준으로 평가하였고, 평가 결과는 학교 현관에 전시해 학생과 교사 모두가 볼 수 있도록 했다. 최우수 지도교사에겐 교육감 지도상을 수여하고 우승기도 수여했다.

2000년까지 지속되었으나, 이후 많은 학교들이 학교신문 발간을 중단하면서 행사도 종료되었다.

4) 동시화전 – 그림과 글로 피어난 꿈

매년 5월 5일, 어린이날에 개최했다. 미적 감각뿐만 아니라 가족 협동성도 심사 기준에 포함되어, 동시를 통한 가정교육의 의미를 담았다.

초기에는 어린이회관에서 진행하다가 이후 고인쇄박물관, 최근엔 학생회관에서 개최되었다. 교육감님께서 매번 참석해 자리를 빛내 주셨다.

5) 전국 글짓기지도 세미나 – 글씨앗 가꾸는 교사를 위한 장

1972년과 73년, 2회에 걸쳐 전국 글짓기지도 교사 세미나를 주관했다.

주제는 '글짓기 지도의 일반화 방안'과 '효율적인 동시 지도 방안'이었으며, 이진호, 엄기원, 김종상 선생님 등이 무료로 강의해 주셨다.

그 당시 아내는 막내아이를 임신 중이었음에도 강사님들의 식사를 정성껏 준비해 주었고, 그 헌신은 지금도 고맙고 미안한 기억으로 남아 있다.

6) 《바른 글 고운 꿈》 회지 발간

"글짓기는 어린이의 마음에 꿈을 심는 일이다."

그 신념 아래 충북 글짓기 지도회는 글짓기 교육의 실제와 현장을 담은 회지, 《바른 글 고운 꿈》을 창간하였다.

이 회지는 단지 작품을 모은 문집이 아니라, 교육 현장에서 교사들이 흘린 땀과 노력, 그리고 아이들의 맑은 꿈이 오롯이 담긴 결정체였다.

이 회지의 의미와 가치를 누구보다도 잘 이해하셨던 이원수[6] 선생님의 축하 글에는 글짓기 지도회와 회지 창간의 의미와 의의가 잘 녹아 있다.

가장 보람 있는 일(축하의 글)

글짓기라는 것이 얼마나 중요한 것인지에 대해서는 누구나 잘 알고 있습니다.

---

6) 이원수(1912~1981) 동시와 장편동화, 아동소설 등의 창작과 비평을 통해 아동문학을 확립하여 문학사에 큰 업적을 남겼다. 대표작품으로 〈고향의 봄〉이 있다.

하지만 우리 어린이들에게 이것을 올바르게 가르치는 일은 대단히 힘들고 어려운 면이 있습니다.

그럼에도 불구하고 글짓기를 지도하는 일에 정성을 다해 노력하시는 충북 글짓기 지도회의 활동은 참으로 고맙고도 다행한 일이라 생각합니다.

이 지도회에서 엮은 《바른 글 고운 꿈》은 글짓기 지도의 이론과 방법을 연구하여 시와 산문에 대한 길을 밝히고 있을 뿐 아니라, 어린이의 독서와 관련된 여러 문제에 대해서까지 진지한 연구 성과를 보여 주고 있습니다.

또한, 어린이들의 입선 작품을 수록하고 그 평가까지 곁들인 구성은 글짓기 교육의 실제를 잘 보여 주는 동시에, 커다란 지도가 된다고 믿습니다.

《바른 글 고운 꿈》은 교사에게는 훌륭한 참고자료이며 교육의 길잡이요, 어린이들에게는 고운 꿈을 키울 수 있는 소중한 책이 될 것입니다.

충북 글짓기 지도회가 1970년에 창설되어 많은 일을 해 왔겠지만, 이 문집의 발간은 가장 보람 있는 일 중 하나라고 생각합니다.

이 책을 통해 서로 배우고, 연구하며, 고운 꿈과 바른 마음을 함께 길러가기를 바라며, 축하의 뜻을 전합니다.

1975년 5월 5일

이원수

우리 회지를 향한 선생님의 따뜻한 격려는 큰 힘이 되었고, 회지를 만들던 당시의 열정과 땀방울을 떠올리게 한다.

그러나 현실은 녹록지 않았다. 예산 마련이 어려워 총 12권만 발행되었고, 이후로는 발간이 어려웠다.

그동안 오병익 회장님이 두 권을 지원하셨고 다른 회장님들은 한 권씩 발간했으며, 의욕은 있으나 예산부족으로 발간 못한 회장님도 있었다.

《바른 글 고운 꿈》은 작품집 그 이상이었다.

현장의 땀, 아이들의 감성, 지도 교사들의 철학이 함께 담긴 교육적 기록이었다.

회지의 년도별 주요 구성은 다음과 같다.

- 제1~2집: 글짓기 지도의 필요성과 실제 지도 방법
- 제3집 이후: 백일장 입선 작품을 중심으로 수록

글짓기 지도회 노래(작사 이상성 / 작곡 이상옥)

1절
바른 맘 고운 꿈 가꾸기 위해
우리는 뭉쳤다, 똘똘 뭉쳤다
스스로 택한 일, 정성을 다해
글씨앗 가꾸는 데 앞장을 서자

2절

바르고 고운 글 쓰는 어린이

생활도 아름답게 가꾸어 가니

가정도 행복하고, 나라도 좋다

글씨앗 가꾸는 데 앞장을 서자

7) 등단과 충북 아동문학회 고문 활동

글짓기 지도에 열중하다 보니, 오히려 나의 문학적 등단은 늦어졌다.

지인의 격려에 용기를 얻어 응모한 작품들이 다행히도 등단심사를 통과하여 동시 작가로 활동하게 되었고, 《고드름》, 《애기똥풀》, 《거울》 등 동시집도 출판했다.

또한 전통 문학 형식인 시조에도 깊은 관심을 두어 《오솔길》이라는 동시조집도 펴냈다.

충북 아동문학회의 고문으로 활동하면서 장학기금 천만 원을 기탁해 글샘 아동문학상을 제정했고, 이자로 만든 금뱃지와 상장을 매년 아동문학상과 공로상 수상자에게 전달하고 있다.

문학상이 중단되는 경우에는 유아원에 기탁하도록 규정을 명시해 두었다.

충북 아동문학회가(작사 이상성 / 작곡 이상옥)

1절
동심을 사랑하는 우리 모두는
바른 글 씨앗 뿌려 단비 내리고
엉긴 맘 한결같이 유지하면서
내륙의 새싹들을 보듬어 가자

후렴
바른 맘 고운 꿈을 가꾸는 보람
영원히 이어갈 충북 아동문학회

2절
알찬 꿈 다져 주는 우리 모두는
티 없이 맑은 동심 사랑하면서
바른 삶 인도하는 글을 낳으며
어린 싹 슬기롭게 자라게 하자

 바른 글 속에 고운 꿈이 자라고 있었다

"충북의 글밭도 갈아야 하지 않겠습니까?"
그 한마디는 단순한 의지의 표현이 아니었다. 그것은 교육자로서, 어른으로서, 한 시대의 책임을 스스로 끌어안은 깊은 부름이었다. 그렇게 충북 글짓기 지도회가 태어났고, 그 작은 씨앗은 시간이 지나 하나의 큰 숲이 되었다.

아이들에게 글을 가르친다는 것은 단순히 글쓰기 능력을 향상시키는 일이 아니다. 그것은 자기 삶을 되돌아보고, 스스로의 감정을 언어로 정리하고, 타인의 마음을 상상하는 훈련이다. 그런 훈련이 반복될수록 아이는 점점 더 깊어지고 단단해진다.

충북 글짓기 지도회는 바로 그런 믿음을 바탕으로 뿌리를 내렸다. 백일장, 동화구연대회, 동시화전, 학교신문 콘테스트까지 아이들의 언어가 스스로 자랄 수 있도록 흙을 일구고 물을 주는 사람들의 손길이 그곳에 있었다.

그 안에서 우리는 교육의 진짜 의미를 되짚었다. 한 명의 장원을 뽑기 위한 경쟁이 아니라, 모든 아이에게 자라날 수 있는 기회를 제공하는 일. 상을 받지 못해도 그날의 글쓰기 경험이 평생의 기억으로 남게 하는 것이 우리가 추구한 교육의 가치였다. 심사 방식의 공정성, 지도교사에 대한 격려, 회지 발간을 위한 자비 충당 등의 노력은 '글'을 매개로 한 진정한 공동체의 모델을 보여 주었다.

《바른 글 고운 꿈》이라는 이름이 상징하듯, 우리는 글을 통해 바른 마음과 고운 꿈을 가꾸고자 했다. 이원수 선생님의 축하글은 우리에게 말해 주었다. 아이들에게 글을 가르친다는 것이 얼마나 외롭고 고된 일인지, 그러나 그것이야말로 가장 보람 있는 일이라는 것을. 그 말씀은 단지 축하가 아니라, 정신의 유산이었다.

이 공동체는 단지 교육의 기술이 아니라 교육의 철학과 방향성을 나누는 모임이었다. 그 철학은 나중에 '문학상'으로, '회지'로, '노래'로 이어졌고, 무엇보다 아이들의 삶의 언어로 피어났다. 장학기금으로 금뱃지를 만들어 전달하고, 문학상이 중단되면 유아원에 기탁하겠다는 조항까지 그 모든 행위는 작은 글 한 줄의 힘을 믿는 이들의 묵묵한 신념이었다.

나는 지금도 생각한다. 교육이란 결국, 눈에 보이지 않는 가능성을 함께 믿고 키우는 일이라고. 그리고 글짓기 지도회의 역사는 그런 믿음이 하나의 제도도 상장도 아닌 사람의 마음 안에서 어떻게 자랄 수 있는지를 증명한 살아 있는 이야기였다.

나는 지금도 그 땀방울을 기억하며 조용히 손을 모은다.

"오늘도 누군가의 마음에 고운 꿈 하나가 피어나기를⋯⋯."

문화관광 해설사로 산 18년

퇴임이후 일상의 갑작스런 변화는 나를 깊은 무력감 속으로 밀어 넣었다. 출근하던 습관이 끊기자 집 안은 세상에서 가장 좁은 감옥처럼 느껴졌고, 마음의 병까지 찾아왔다.

머리를 싸매고 끙끙 앓고 있을 때, 청주시청에 근무하는 큰아들이 말했다.

"아버지 왜 이렇게 자리에 누워 계세요?"

"매일 출근하다가 갑자기 퇴임하고 나니 할 일도 없고, 너무 답답해서 생병이 났다. 혹시 봉사할 곳이 있으면 소개 좀 해다오."

"시청에서 청주의 문화재를 알리는 '청주 알림이' 봉사자를 모집 중인데 한번 해 보시지요."

"좋지. 내가 교직생활을 오래 했으니 재미있고 알기 쉽게 설명할 수 있지."

"그럼 내일부터 교육 시작이니까 참여해 보세요. 다만 보수는 없고 순수한 봉사예요."

"알았어. 내일부터 나가마."

첫날 약속된 장소에는 30여 명이 모였으나, 차비도 없고 점심도 자비 부담이라며 다들 떠나고 5일도 지나지 않아 남은 이는 남녀 각각 다섯 명뿐이었다.

하지만 그 10명이 해설사의 뿌리가 되었고, 이듬해 문화부에서 전국적으로 '문화관광해설사'를 공식 모집하면서 우리는 모두 정식 활동을 하게 되었다. 보수는 없었지만 약간의 차비와 식비 정도의 혜택이 주어졌고, 이후로는 오히려 자리를 놓고 경쟁이 치열할 정도였다.

1) 상당산성 - 조상의 지혜를 품다

백제 시대의 지명인 '상당현'에서 이름을 딴 상당산성은 백제와 신라의 흔적이 남아 있는 국방의 요지다. 현재의 성은 조선 숙종과 영조 대에 대대적으로 보수되었다.

남문인 '공남문'의 안쪽에는 적군의 진입을 막기 위한 내옹성을 설치해 방어를 강화했다.

석축은 '그랭이법[7]'이라는 독특한 방식으로 쌓아 쉽게 무너지지 않도록 했고, 성 안에는 세 개의 절이 있어 승군을 양성했다. 우물과 수구까지 잘 조성되어 있어 당시 조상들의 지혜에 감탄을 자아낸다.

오늘날 이 성은 4.2km의 둘레 길로 시민들의 체력 단련 공간이자, 연인들의 데이트 코스로도 사랑받고 있다. 나는 그 성벽 위에

---

7) 건축 자재의 한쪽이 울퉁불퉁 불규칙한 모양일 경우 맞닿는 다른 부재를 거기에 맞게 다듬어 톱니바퀴처럼 맞물리게 하여 견고하게 하는 방식.

서 수많은 사람들과 역사의 숨결을 나누었다.

2) 용두사지 철당간 - 금속문화의 상징

청주 도심에 우뚝 서 있는 '용두사지 철당간'은 고려 광종 때 세워진 국가 문화재다. 30개의 철통을 차례차례 크기를 줄여가며 끼운 구조로, 명문이 남아 있는 우리나라에 단 하나뿐인 철당간으로 당시의 상황과 기술을 알 수 있는 귀중한 유산이다.

지금은 20개 통만 남아 있는데, 위 열 칸은 일제강점기 일본이 무기 제작을 위해 뜯어갔다는 설이 있다.

세 번째 통의 명문에는 '학원경學院卿', '학원낭중學院郎中', '한림학사翰林學士'라는 글씨가 새겨져 있는데, 이는 청주가 오래전부터 많은 인재가 교육받고 활동하던 전통의 교육 도시였음을 알 수 있다.

풍수적으로는 청주가 배 모양의 지형을 하고 있기에 이 철당간이 돛대의 역할을 하고 있다고 해석되기도 한다.

3) 단재 영당 - 붓으로 민족을 지킨 큰 스승, 단재 신채호 선생

청주 예술의 전당 앞에 세워진 단재 신채호 선생님의 동상은 시민들의 성금으로 만들어졌다. 나는 해설사로서 그 앞에 설 때마다 마음을 가다듬고 선생님의 삶을 되새기곤 했다.

선생님은 조선 후기의 역사가이자 독립운동가로, 일제에 의해 나라가 흔들릴 때 올곧은 붓으로 민족의 혼을 일깨운 분이셨다. 그분이 '역사를 잃으면 민족도 없다.'고 외치며 써 내려간 글들은,

지금도 우리를 깨우는 울림으로 남아 있다.

선생님께서 일본 놈들에게 굽히기 싫어, 꼿꼿이 서서 세수를 하셨다는 일화는 지금도 나의 가슴을 울린다.

선생님은 1936년 여순 감옥에서 뇌출혈로 생을 마감했다.

나는 그분 앞에서 이런 마음을 담아 묵념문을 썼다.

존경하옵는 단재 신채호 선생님,

오늘 저희들은 선생님의 애국애족정신을 본받고자 이 자리에 섰습니다.

선생님께서는 우리나라가 일제의 침략으로 어려운 처지에 놓여 있을 때 올바른 민족정신을 일깨우기 위하여 바른 역사관을 정립하셨고 국민 계몽을 위하여 날카로운 붓을 드셨으며 조국광복을 위하여 독립운동에 헌신하셨습니다.

우리 고장에 선생님 같은 민족의 영웅이 계심에 저희들은 크나큰 자부심을 갖고 있습니다.

저희들도 선생님의 나라사랑 정신을 본받아 조국통일을 완수하고 경제 부흥과 정의사회를 구현하여 우리나라를 세계 으뜸국가로 만들겠습니다.

선생님의 명복과 조국통일을 기원합니다.

이 글을 낭독할 때마다 가슴 한복판이 뭉클해진다.

그건 단순히 해설사의 역할이 아니라, 이 땅에 사는 한 사람으로서의 참된 기도였기 때문이다.

4) 용화사 - 꿈에서 피어난 일곱 부처

용화사에는 고종 황제의 어머니가 꾼 기이한 꿈의 전설이 전해진다. 꿈속에서 일곱 선녀와 일곱 부처가 나타나 집을 지어달라고 했고, 같은 시각 청주군수 이희복도 똑같은 꿈을 꾸었다.

탐색 결과 무심천변에서 실제 일곱 석불이 발견되자 이곳에 사찰을 짓게 되었다.

삼불전에는 약사여래불, 미륵불, 석가모니불이 모셔져 있으며, 석가모니불 뒤편에는 나한상이 그려져 있어 독특한 불상 배치로도 유명하다.

용화보전 앞 5층 석탑에서는 불자들이 탑돌이를 하며 기도한다.

5) 손병희 유허지 - 서자의 설움에서 민족의 대표로

이곳은 천도교(동학)의 제3대 교주이자 독립운동가로 활동하셨던 손병희 선생이 태어난 곳이다. 선생은 1919년 3.1 대한 독립 만세 운동의 33인 민족 대표의 일원으로 만세 운동을 주도하였다.

이곳에는 의암영당과 기념관, 동상 등이 있어 애국교육의 장이 되고 있으며, 독립선언서에 서명한 민족대표를 상징하는 33개의 태극기가 나부끼고 있다.

그분 앞에서 나는 이렇게 묵념하였다.

존경하옵는 의암 손병희 선생님,

오늘 저희들은 선생님의 고귀하신 나라 사랑정신을 본받
고자 이 자리에 경건한 마음으로 머리를 숙였습니다.
선생님께서는 우리나라가 일제의 침략으로 어려운 처지
에 놓여 있을 때 동학의 평등사상을 널리 알리셨고, 애국
정신으로 교육 사업에 헌신하셨으며, 3.1운동의 대표로서
조국 광복을 위하여 목숨을 바치셨습니다.
지금 이 순간에도 선생님이 앞장서 외치신 '대한독립만
세' 소리가 들리는 듯합니다.
저희들도 선생님의 높은 뜻을 오늘에 되살려 국가와 민족
을 위해서는 고귀한 피를 흘릴 줄 알며, 자기 자신을 위해
서는 성실한 땀을 흘릴 줄 아는 참된 국민이 되겠습니다.
선생님의 명복과 조국번영을 기원합니다.

6) 백제유물전시관 - 고분 속에 담긴 삶의 흔적

청주 백제유물전시관은 도시 한복판에서 고요히 과거를 품고 있
다. 신봉동 뒷산에서 발굴된 고분에서는 다수의 유물이 출토되었
고, 그중 문화재적 가치가 높은 것들은 청주박물관으로 옮겨졌다.
이곳 전시관에서는 출토된 토기와 철제 무기 등이 전시되어 있
어 당시의 생활상을 엿볼 수 있다.
특히, 정북동토성 조성 과정을 한눈에 살펴볼 수 있는 자료는
방문객의 시선을 끌어당긴다.

"여기 보시는 토기 하나에도 백제인의 손때와 마음이 담겨 있습니다. 생활이 고스란히 문화가 된 거죠."

지방의 고분에서 출토된 다른 유물들도 입체적으로 전시되어 있어, 백제의 문화가 단순히 과거의 유물이 아니라 오늘의 정체성임을 느끼게 해 준다.

7) 중앙공원 – 역사의 품에서 쉼을 얻다

청주의 중앙공원은 단순한 도시의 쉼터가 아니다. 이곳은 수많은 이야기와 인물이 살아 숨쉬는 역사 박물관이자 정신의 숲이다.

(1) 압각수 – 오리발 나무에 깃든 충절의 전설

잎과 뿌리가 오리발 같다고 해서 붙여진 이름, '압각수'.

이 은행나무는 고려 말 충신 목은 이색 선생이 이초의 난에 연루되어 청주 옥에 갇혔을 때, 큰 홍수로 감옥이 무너지자 이 나무 위로 올라가 목숨을 구했다는 전설이 있다.

약 900년을 살아온 이 나무는, 충절과 생명의 상징으로 시민들에게 깊은 인상을 준다.

(2) 충청병마절도사 영문 – 청주의 군사 유산

네모진 주춧돌 위에 원형 기둥을 세운 2층 팔작지붕 목조건물로 본래 '정곡루'라 불렸다.

충청도 지역의 병력을 지휘하는 절도사 영의 출입문이었던 이 건물은 당시의 군사 조직과 청주가 국토방위의 중요지였다는 것을 알려 주며, 건축미학적으로도 가치가 높다.

(3) 청주성 탈환 기적비

기적비[8]에는 조헌, 영규대사, 박춘무 세 분의 이름이 새겨져 있다.

이들은 청주성 탈환 전투에서 의병과 승병을 이끌고 승리하는 결정적인 역할을 했고, 매년 이곳에서 추모행사가 열린다.

나는 관광객들에게 이 전투가 단순한 하나의 승리가 아닌 청주의 혼과 결기가 뭉쳐 만들어진 것임을 강조하였다.

(4) 망선루

옛날 선비들이 이곳에서 시를 짓고 경치를 즐기던 곳으로, 고려 공민왕이 이곳에 과거시험 결과를 붙이기도 했다.

원래 동헌 뒤편에 있던 것을 청주경찰서 옆으로, 또 제일교회 자리를 거쳐 현재의 위치로 복원되었다.

그 재건의 역사를 이야기하며 나는 말했다.

"건축은 위치를 옮겨도 정신이 남아 있습니다. 그 정신이 바로 청주정신입니다."

(5) 척화비 – 시대를 읽는 석비

흥선대원군이 신미양요를 겪은 후, 외세를 막기 위해 세운 비석

---

8) 기적비紀蹟碑: 어떤 사건에 관련된 인물과 행적 등을 기록한 비석으로 중요한 사료가 된다.

이다.

'서양 오랑캐가 침범하여 싸우지 않으면 화친하는 것이니 이를 주장함은 나라를 파는 것이다.'라는 비문이 새겨져 있다.

비록 현실의 국력으로 인해 개방이 불가피했지만, 나는 해설 중 늘 이렇게 덧붙였다.

"이 비석은 단순한 폐쇄 정책의 흔적이 아닙니다. 나라를 지키고자 했던 간절한 몸부림이자, 역사의 교훈입니다."

(6) 한봉수 의병장 송공비 – 번개처럼 싸운 의병장

한봉수 의병장의 별명은 '번개장군', '무적장군'이었다.

일본군 70여 명을 사살하고 무기 80여 점을 노획했으며, 77만 원에 달하는 현금도 되찾은 그는 진정한 전투 지휘관이었다.

그의 공적을 기리기 위해 중앙공원에는 송공비가, 상당공원에는 동상이 세워졌고, 국가에서는 건국공로훈장 국민장을 수여했다.

나는 한봉수 의병장을 직접 찾아가 뵌 적이 있었다. 병상에 누우신 그분께 조심스레 여쭈었다.

"어떤 마음으로 의병을 일으키셨습니까?"

그는 힘겹게 대답했다.

"나라가 위태로운 데 그냥 보고만 있을 수 없어서….''

"의병 조직은 어떻게 하셨습니까?"

"나라를 구하겠다는 사람들을 모았지."

"저에게 남기고 싶은 말씀은요?"

"제자들에게 애국심을 넣어 줘. 그리고 의리를 지키는 국민을 양성해 줘."

나는 그 말씀을 가슴에 깊이 새기고 '의병장님의 당부 말씀'이라는 제목으로 웅변 원고를 써 특상을 받기도 했다.

문화관광해설사 시작 멤버라는 자부심으로 만든 노래는 내 마음속 사명 선언문이자, 18년 봉사의 여정이었다. 보수도 명예도 없이 시작된 봉사였지만, 18년이 넘는 해설사의 여정은 나의 삶을 더욱 깊고 따뜻하게 만들었다.

문화관광해설사 노래(작사 이상성 / 작곡 이상옥)

조상의 얼이 깃든 소중한 곳에
찾는 이웃 반갑게 맞이하면서
문화재의 숨은 뜻 바로 알리며
빛나는 새 문화를 창조해 가자

후렴
문화관광 해설사의 긍지를 갖고
조상의 빛난 얼을 보듬어 가자

옛 향기 묻어나는 이름난 곳에
만나는 선후배와 마음을 모아
문화재의 씨앗을 바로 가꾸어

찬란한 새 문화의 꽃을 피우자

나는 오늘도 말한다. "문화유산은 보는 것이 아니라, 함께 느끼고 함께 지켜 가는 것입니다."

과거와 대화하며 나는 다시 나를 만났다

퇴임 이후, 나는 한동안 길을 잃은 사람처럼 세상의 경계에 서 있었다. 하루아침에 멈춘 발걸음, 더 이상 울리지 않는 종소리, 나를 기다리지 않는 교실. 그것은 단순한 퇴직이 아니라, 오랜 신념과 리듬의 단절이었다. 공허함이 일상을 삼키기 시작했고, '나는 지금 어디에 있는가?'라는 질문 앞에 마음은 무겁기만 했다.

그러던 어느 날, 뜻밖의 문이 열렸다. 문화관광해설이라는 이름의 길이었다. 누군가에게는 단순한 봉사일지 몰라도, 내게 그것은 다시 삶의 호흡을 되찾게 해 준 새로운 교단이었다. 교실의 칠판 대신 성벽과 비석 앞에 섰고, 교과서 대신 유물을 들여다보며, 말 없는 과거와 대화를 시작했다.

그 자리에서 나는 깨달았다. 가르침은 꼭 미래를 향하지 않아도 된다는 것을. 사람의 마음은 때로 오래된 돌 위에서 더 깊이 움직이고, 사라진 이름을 부를 때 더 또렷이 깨어난다는 것을.

문화해설의 시간은 내가 살아온 시간과 닿아 있었다. 내가 흘려보낸 시간들이, 이 땅의 오래된 기억들과 어깨를 맞대고 있었다.

그 속에서 나는 스스로를 다시 조율하고 있었다.

교직의 마지막은 '퇴임'으로 끝나지 않았고, 나의 가르침도 멈춘 적이 없었다.

나는 더 이상 교사로 불리지 않았지만, 누군가에게 무엇을 전하고, 무언가의 의미를 짚어 주고, 삶의 연결을 도와주는 그 역할은 여전히 나를 숨 쉬게 했다.

세월은 물처럼 흘러가지만, 그 흐름 위에 한 번쯤 마음을 멈추고, 무엇을 기억하고 무엇을 남겨야 하는지를 묻는 시간은 더욱 소중하다.

나는 그 시간 속에서, '어떻게 살아야 하는가?'라는 질문에 조금은 다정한 목소리로 대답할 수 있게 되었다.

퇴임 이후의 삶은 내게 이런 이야기를 들려주었다.

삶은 직업으로 완성되지 않고, 사명이 끝나는 곳에서 또 다른 여정이 시작된다는 것.

그 여정의 이름이 '문화유산해설사'였다는 것은, 내 인생의 큰 축복이었다.

청주 고인쇄박물관 20년 봉사활동 - 해설 도슨트

문화유산해설사로 활동을 하던 중 고인쇄박물관에서 도슨트[9]를 모집한다는 소식을 접하게 되었다. 평소 직지에 대한 관심이 높았던 터라 당장 신청을 하고 교육을 받은 후 해설 봉사를 하게 되었다.

여기에서의 활동은 청주를 넘어 대한민국의 자랑거리를 홍보하는 일이었다. 너무나도 보람이 있었다.

우리 학생들에게는 자랑스런 우리의 인쇄문화를 알려 자부심을 갖게 하고, 전 세계인에게는 정보 유전자의 뛰어난 역사가 있는 대한민국, 'IT KOREA'를 알리는 중요한 역할이었다.

1) 직지와 고인쇄박물관

1985년, 청주 흥덕사지에서 뜻밖의 유물이 발견되었다.

택지 개발 도중 발굴된 금구(청동북)와 불발(밥그릇)에 '흥덕사'

---

9) 도슨트docent: 미술관, 박물관 등에서 주로 자원봉사로 일하는 전문 안내인으로, 관람객들의 이해를 돕기 위해 작품이나 유물을 설명해 준다.

라는 명칭이 선명히 새겨져 있었던 것이다.

그 자리에 금당과 3층 석탑을 복원하고, 청주 고인쇄박물관이 세워졌다.

나는 20년 동안 이곳에서 봉사하며 수많은 관람객들에게 '직지'를 소개해 왔다.

직지는 단지 오래된 책이 아니다. 그것은 한 민족의 사유와 기술, 신앙과 철학이 녹아 있는 살아 있는 유산이다.

직지 하권의 간행 기록에는 다음과 같은 구절이 있다.

선광 7년 정사 칠월 일 청주목외 흥덕사 주자인시
宣光七年丁巳七月 日 淸州牧外興德寺鑄字印施

이것을 해석하면 1377년 청주 흥덕사에서 금속활자로 간행되었다는 뜻이다.

이 사실 하나만으로도 직지는 독일의 구텐베르크가 간행한 '성서'보다 70여 년 앞선 세계에서 가장 오래된 금속활자본임이 증명된다.

2) 직지를 세상에 알린 한 사람, 되찾으려는 한 사람

직지가 세계적으로 알려지게 된 계기는 다소 아쉬운 이야기로 남는다.

과거 프랑스인이 조선에서 대사로 있으면서 여러 문화재를 수집해갔고, 그 속에 직지 하권도 포함되어 있었다.

이 유물이 프랑스 국립도서관에 기증되었고, 1972년 유네스코가 정한 '책의 해'에 도서관 사서로 있던 박병선 박사가 직지를 출품하면서 세상에 널리 알려지게 되었다.

직지가 세계기록유산으로 등재되고, 유네스코 직지상을 시상하는 행사도 생겼다.

또 인근에 국가 중요무형문화재로 지정된 금속활자 장인이 전통 방식을 그대로 재현하며 금속활자를 만드는 활자공방도 운영되고 있다.

부속건물에서는 실습 교육도 진행되어 누구든 우리 활자 문화를 직접 체험할 수 있다.

게다가 청주에는 세계기록유산을 관리하는 국제기록유산센터도 들어섰고, 이제는 세계인들이 청주를 '인쇄문화의 메카'로 주목하고 있다.

3) 잊힌 주인공 '직지'를 찾는 노력

나는 해설을 하면서 '직지 원본을 어떻게 찾을 수 있을까?'에 대한 생각을 늘 강조했다.

보통 불경이 부처님의 복장(불상 내부에 넣는 유물)에서 발견되는 만큼, "우리나라 모든 불상 복장을 조사해 보면 직지 원본이 나올 확률이 높습니다."라고 거듭 설명했다.

한 번은 국회의원 몇 분이 박물관을 방문했을 때 해설을 다 마치고, 이 이야기를 전해 드렸다.

"이건 중요한 일입니다. 상경해서 바로 담당 부서에 지시하겠습니다.”

장담까지 하셨기에, 며칠 뒤 명함을 보고 직접 전화를 드렸다.

“아, 깜빡 했습니다. 곧 지시하겠습니다.” 하더니 그 후로 소식은 없었다.

결국 우리는 지금 '주인 없는 행사'를 하고 있는 셈이다.

물론 직지를 대여받아 전시하는 일은 있을 수 있다. 하지만 흥덕사의 진짜 주인공인 직지 하권 원본은 여전히 프랑스 국립도서관에 묶여 있다.

4) 국가박물관으로의 승격, 그 시작점

나는 예비군 강사로도 활동하며, 직지의 중요성과 원본 환수의 필요성을 강조했다.

“직지 원본이 있어야 명실상부한 흥덕사지 고인쇄박물관의 위상이 살아납니다.”

그 말을 들은 청중들은 뜨거운 박수로 화답해 주었다.

나는 지금도 강하게 확신하고 있다.

고인쇄박물관을 국가박물관으로 승격시키는 것이 급선무이며, 그래야만 정부 차원의 관리와 예산 확보가 가능해진다.

이 문제는 국회의원들이 적극적으로 나서야 해결될 사안이다.

그리고 한 가지 더, 박물관 정면에 자리한 흥덕초등학교와 주변 가옥들을 모두 매입하여, 청주가 '세계 최고의 인쇄문화 박물관 도시'로 거듭날 수 있도록 해야 한다.

그것이야말로 우리가 직지의 후손으로서 짊어진 책임이 아닐까.

5) 직지 노래

직지를 주제로 노래를 만들어 보았다. 봄나들이 곡에 맞추어 쉽게 따라할 수 있도록 했다. 봉사자들 모임에 즐겁게 함께 부르곤 한다.

직지 노래(이상성 작사 / 봄나들이곡)

충청북도 청주엔 문화재도 많지만
그 중에서 으뜸은 금속자본 직지죠
일천삼백칠십칠년 고려 우왕 3년에
흥덕사의 스님이 밀립주조 했지요
금속자본 직지는 독일보다 70여 년
먼저 찍은 책으로 인쇄문화 꽃이죠
백운화상 초록한 직지심체요절은
깊은 뜻이 담겨진 우리 조상 얼이죠
이천일년 구월에 기록유산 등록해
세계인이 인정한 최고 직지 되었죠
이천 사년 사월에 직지상을 제정해
기록유산 발전에 밑거름을 뿌렸죠
직지특구 지정해 걸린 돌을 치우고
아름답게 꾸며서 직지 손님 반겨요
세계인의 이목이 직지에게 모이니
우리 모두 신속히 직지 찾아 나서자

해설사의 첫 발걸음은 퇴임 뒤의 공허를 덜어 보기 위한 선택이었다.

그러나 시간이 흐르며, 그 선택은 내 삶의 두 번째 교단이 되었고, 직지는 나의 새 교과서가 되었다.

그곳엔 수학도 없고 시험지도 없었지만, 대신 더 많은 눈빛과 질문, 고개 끄덕임과 탄식이 있었다.

직지를 소개하며 나는 단순히 유물을 설명한 것이 아니었다.

"세계 최고의 금속활자본입니다."라는 한마디 뒤에는 민족의 지혜와 신념, 그리고 우리가 잊고 있던 자부심을 되살리는 사명의식이 깃들어 있었다.

누군가는 무심히 지나칠 수도 있는 그 이름 하나에 나는 매번 마음을 다해 목소리를 얹었다.

때로는 초등학생 앞에서, 때로는 외국 관광객 앞에서, 나는 같은 이야기를 수없이 반복했다. 그러나 단 한 번도 지루하다고 느낀 적은 없다.

직지는 늘 새로웠고, 사람마다 반응도 달랐다. 그 반응을 통해 나는 또 한 번 직지를 배웠고, 설명은 반복이 아니라, 교감이 되었다.

물론 때로는 허탈한 순간도 있었다.

직지 하권의 행방을 되짚으며 국회의원에게 건넨 바람이 허공으로 흩어질 때, "왜 우리의 직지를 찾지 못하는가?"라는 회의감이 밀려올 때, 나는 자문했다.

'나는 왜 이 일을 계속하고 있는가?'

그 답은 의외로 간단했다.

직지를 말하는 동안, 나는 다시 살아 있었기 때문이다. 교직에서 물러난 뒤에도, 나는 여전히 누군가에게 무엇인가를 전하고 있었다. 그것이 내 안의 스승을 다시 일으켜 세웠다.

해설을 마친 뒤 박물관을 나서며 감사 인사를 전하는 관람객들, 아이의 손을 꼭 잡고 '다음에 또 오자.'고 말하던 부모의 뒷모습, 그 순간순간이 내가 이 자리에 서야 할 이유였다.

직지는 단지 문화재가 아니었다. 그리고 나는 단지 해설사가 아니었다. 직지를 통해 나는 '기억을 전하는 사람', '뿌리를 말하는 사람'으로 살고 있었던 것이다.

이제 나는 안다. 해설은 지식의 전달이 아니라, '우리가 어디에서 왔고, 어디로 가야 하는지'를 묻는 작은 목소리의 점화다. 그 불빛 하나하나가 모여 청주라는 도시를, 그리고 이 땅의 문화를 조금 더 따뜻하게 밝히리라 믿는다.

지역을 위한 사랑의 실천
– 또 다른 봉사활동 이야기

1) 사직산 배드민턴장, 땀과 정으로 만든 건강 공동체

퇴임을 앞두고 "아침마다 운동을 해야겠다."는 마음이 들었다.

그래서 1998년, 인근 사직산 정상에 이찬호 동문과 함께 배드민턴장 3면을 만들었다. 네트 3개, 숫자판 2개, 코트 라인 끈, 의자, 제설 장비까지 모두 사비로 마련했다.

그렇게 '산모임'이라는 이름으로 회원을 모집하기 시작했는데, 처음엔 몇 명뿐이었지만 날이 갈수록 늘어나 지금은 무려 35명의 회원이 함께 운동하고 있다.

나는 초대 회장으로 10년을 봉사했고, 2대 회장은 이찬호 동문, 3대 회장은 윤홍기 선생님이 맡아 19년 동안 하면서 큰 발전을 이루셨으며, 지금은 지복환 회장님이 청주시 공원 조성과 연계한 구상을 하며 열심히 뛰고 있다.

회원들은 매달 회비 만 원을 내며, 매일 아침 함께 차를 마시고, 화식도 하고, 매월 첫 토요일엔 총회를 열어 발전 방안을 나눈다.

사직산이 공원화되면 환경도 쾌적해지고 운동 여건도 좋아져 더 많은 회원들이 올 것으로 기대하며 만반의 준비를 갖추고 있다.

추운 겨울엔 언 몸을 녹이려 땅을 파고 장작불을 피우기도 했고, 이후에는 난로까지 설치했지만 산불 우려로 지금은 다시 언 손을 호호 불며 운동을 한다. 운영이 어려울 땐 찬조금으로 힘을 모아 극복해 왔다.

산모임 노래(작사 이상성 / 작곡 김희영)

산 내음을 맡으러 산으로 가자
산 기운을 받으러 산으로 가자
노래하며 즐겁게 산으로 가자
우리들은 건강한 산모임 가족
산새들이 즐겁게 노래 부르고
산바람이 반갑게 우릴 맞는다
우리 모두 손잡고 산으로 가자
우리들은 정다운 산모임 가족

 ## 퇴직 뒤에 피어난 산속의 교실

퇴직은 한 사람의 삶에서 문 하나가 닫히는 일이지만, 사직산에서의 아침은 또 다른 문을 조용히 열어 주었다.

배드민턴장 하나 만들자고 시작했던 일이 어느새 사람을 모으고, 마음을 모으고, 삶을 다시 잇는 공간이 되었다.

차 한 잔, 땀 한 줄기, 눈을 맞고도 운동을 이어 가는 손길 그 모두가 나에게는 '두 번째 교실'이었다.

우리는 라켓을 든 이웃이자, 함께 웃고 함께 버티는 가족이 되었다. 매일 이어지는 작은 반복 속에서 나는 공동체의 진짜 의미를 새로이 배웠다.

사직산은 이제 내게 단지 운동장이 아니다. 외로움과 무기력을 치우고, 다시 하루를 살아가게 해 준 따뜻한 사랑방이다.

그리고 나는 오늘도 생각한다.

퇴직은 끝이 아니라, 함께 숨 쉬는 또 하나의 시작일 수 있다고.

2) 등산로를 막은 옹벽, 관청을 돌고 돌아 시민의 길을 열다

어느 날, 등산 출입로를 막은 아파트 옹벽을 보게 되었다.

이찬호 동문과 윤 회장님과 함께 청주시청 공원과를 찾아갔지만, "우리 소관이 아니다."며 도로과로 떠넘겼고, 도로과는 다시 문화관광과로, 문화관광과는 또 다른 부서로….

세 부서를 돌았지만 모두 "우리 일이 아니다."는 답변뿐이었다.

할 수 없이 문서접수 창구로 가서 말했다.

"공원과, 도로과, 문화관광과까지 돌았는데 다 자기 소관 아니라 합니다. 어디든 좋으니 접수나 해 주세요."

접수 직원도 "분류가 애매하네요." 하면서도 문서를 받아 주었다.

다음 날, 문화관광과에서 연락이 와 현장 설명을 요청했고,

나는 "옹벽을 2m만 끊어 주면 시민들이 다닐 수 있습니다."라고 말했더니, 함께 온 공사장 담당자는 "시에서 허락 안 하면 아무 소

용 없다."며 반대했다.

그때 시 직원이 말했다.

"시민들 건강을 위한 길인데, 당연히 허락해야지요."

당시에는 2m를 끊기로 약속했으나, 실제로는 1m 40cm만 끊어졌고, 지금도 그 좁은 길로 시민들이 등산을 다니고 있다.

또 산 정상에 수도 설치를 건의하여, 설치가 되긴 했지만 경계와 토지 소유권 문제로 중간 지점에 설치되어 불편한 가운데 이용하고 있다.

진심은 늘 느리지만, 반드시 길을 터준다

단 2미터의 통로를 열기 위해 나는 세 개 부서를 돌았고, 자기 부서와는 무관하다는 말만 되풀이해 들었다.

하지만 그 길은 누군가에게는 삶의 숨통이었고, 누군가에겐 매일 오르는 희망의 길이었다.

"공원과도, 도로과도 아니라면, 도대체 누구의 일입니까?"

그 물음 하나로 문서 하나를 접수했고, 마침내 옹벽은 1미터 40센티미터만큼 열렸다. 그 좁은 틈으로 오늘도 시민들의 발걸음은 쉼 없이 흐른다.

세상을 바꾸는 건 커다란 예산도, 명분도 아니다. 불편을 그냥 넘기지 않으려는 누군가의 마음, 그 작고 꾸준한 진심이 결국 길을 낸다.

진심은 느리지만, 언젠가는 반드시 무언가를 움직인다.

3) 20년간 이어진 도로 쓰레기 정리

매일 새벽에 사직산에 가면서 사창시장부터 등산로까지의 길목에 버려진 쓰레기들을 직접 종량제봉투에 담아 정리해 왔다.

도로 옆 공터에는 쓰레기가 산더미처럼 쌓여 있었지만, 그것도 모두 치우고 밭을 일궈 토마토와 무를 심으며 작고 소박하지만 이쁜 정원을 만들었다.

이후에는 이찬호 동문에게 바톤을 넘기고, 나는 미호 아파트로 이사하였다.

사창동장의 추천으로 시장 표창도 받았으며, 함께 매일 도로변 청소를 하며 열심히 활동했던 분을 시장에게 추천하여 그분도 상을 받았다. 이처럼 작은 봉사의 실천이 누군가에게는 보람으로 남았다.

작은 실천은 세상을 향한 가장 큰 사랑이다

종량제봉투 하나 들고 시작한 길 위의 청소는, 단순한 정리가 아니었다. 그건 도시의 낡은 무심을 걷어내고, 스스로에게 주는 묵묵한 다짐이었다.

도로 옆 공터의 쓰레기를 치우고 토마토와 무를 심어 만든 작은 정원은, 나에게 세상을 바꾸는 작지만 소중한 쉼터이자 의미 있는

공간이었다.

누군가의 눈에는 작은 일일지 몰라도, 그 정성은 보상 없이도 충분히 아름다웠다.

뒤이어 누군가가 바통을 이어받고, 또 누군가가 그 마음을 이어 갔을 때 나는 깨달았다. 진심은 언젠가 누군가의 삶에 닿고, 그 따뜻한 손길은 또 다른 손길을 부른다는 것을

작은 실천은 결코 작지 않다. 그 안에는 세상을 향한 가장 큰 사랑이 담겨 있다.

4) 정운 장학금 – 가난했던 어린 시절 나와 같은 아이들에게 손을 내밀다

나는 어린 시절 집안 형편이 너무 어려워 6년 동안 크레용 한 통 사 보지 못했다. 미술시간에는 연필로만 그림을 그려야 했고, 내 작품이 게시판에 걸린 적은 한 번도 없었다. 그 기억이 늘 마음에 남았다.

그래서 크레용이라도 살 수 있도록, 매년 30만 원씩 청산초 모교에 장학금을 보냈다.

셋째 동생이 보태서 '정운 장학금'이라고 이름 짓고 20년 가까이 지원하였는데, 아쉽게도 몇 년 전 학생수의 감소로 대상자가 없다는 학교측의 통보로 중단하게 되었다. 그때까지 총 96명의 어린이가 수혜를 받았다.

언젠가는 이 장학금 수혜자들을 40여 년간 이어 온 우리 가족모임인 '정운가족 수련회'에 초대하고 싶은 꿈이 있다.

어린 시절, 크레용 한 통 없이 연필로만 그림을 그렸던 나는 그 빈칸의 기억을 너무도 오래 간직해 왔다.

그래서 누군가의 미술시간만큼은 밝고 다채롭길 바라는 마음으로 작은 장학금을 보내기 시작했다.

지금은 장학금 수여가 멈추었지만, 나는 96명의 아이들이 언젠가 누군가에게 또 다른 빛나는 색깔이 되어 주기를 바란다.

나처럼, 한 통의 크레용을 잊지 못한 어른으로 말이다.

5) 홍익대상 수상 - 삶 전체로 실천한 홍익인간

봉명초등학교 교장 시절, 화단에 단군상을 세웠다.

우리의 시조를 기리는 일은 단지 형상을 모시는 것이 아니라, 정신을 지키는 일이다. 아이들이 매일 등굣길에 마주하는 단군상이 단순한 상징물이 아니라, 나라를 사랑하고 '뿌리의 힘'을 느낄 수 있기를 바랐다.

퇴임 후 이어진 사회봉사 활동은 이러한 뜻을 확장시켰고, 그 결과 국조 단군 청주봉찬회로부터 홍익대상을 수상하는 영광을 누릴 수 있었다.

이 상은 단지 내게 주어진 훈장이 아니었다.

이 땅을 조금 더 맑고 따뜻하게 만들기 위해 함께해 준 수많은 이웃들과 나눈 상이었으며, '봉사'라는 이름의 삶이 얼마나 소중한지 다시금 확인하게 해 준 고마운 기억이었다.

교육은 눈에 보이지 않는 정신을 세우는 일이다

봉명초에 단군상을 세울 때, 나는 단지 조형물을 세운 것이 아니었다. 그 자리에 세우고자 했던 것은 이 땅의 뿌리이자, 우리 아이들이 마음에 새겨야 할 정체성이었다.

단군은 신화 속 인물이기 이전에, 우리가 품고 살아가야 할 정신의 이름이었다. '널리 인간을 이롭게 한다.'는 그 뜻은, 삶을 향한 가장 오래된 지혜이자 우리 모두가 가슴에 품어야 할 나침반이었다.

국조단군 청주봉찬회에서 보내온 대상은 단지 공로에 대한 표창이 아니었다.

그것은 아이들의 마음속에 깃든 씨앗 하나를 격려하는 뜻이자, 교사로서 내가 세운 의미 있는 기념비였다. 거기에 퇴직 후 제2의 인생을 봉사하며 살면서, 소소히 행한 인간을 이롭게 하는 단군 정신에 따른 보상이었다.

청산에 살리라 - 노래에 담은 고향 사랑

어느 날, 청산에서 면장으로 근무하던 제자가 나를 찾아와 부탁을 했다.

"선생님, 청산 예찬가를 좀 지어 주십시오."

나는 당황하며 손사래를 쳤다.

"청산 출신에 유명한 시인 분들이 많잖아. 왜 나한테 그러는가?"

그러자 제자는 난처한 웃음을 지으며 말했다.

"그분들은 글이 너무 어렵고… 솔직히 원고료도 만만치 않아 감히 부탁도 못 드리겠어요.

선생님이라면 청산을 잘 아시고, 또 진심이 담긴 글을 써 주실 것 같아서요."

나는 망설이다가 승낙했다.

"좋아. 한번 써 보겠네."

나는 그날부터 청산을 새롭게 공부하기 시작했다.

청산에 관한 참고서적을 찾아 읽었고, 마을 어르신들을 찾아가 오래된 이야기들을 들었다.

청산의 자랑, 빛나는 전통, 지금까지 전해지는 미풍양속까지.

동학 제2대 교주 최시형이 활동했던 문암 마을도 직접 답사했고, 충북대 교수님께 청산 지역 동학사에 대해 자세히 배우기도 했다.

3.1운동 만세의 현장도 직접 걸었고, 청산의 명승지와 특산물, 풍속, 고유의 아름다움까지 빠짐없이 조사했다.

도덕봉 정상도 몇 차례 오르며, 산새 소리와 바람결을 노래에 담을 수 있을까, 귀를 기울였다.

그렇게 처음 쓴 초안은 어딘가 유치했다. 마치 동요 같고, 무게감이 없었다.

'이건 안 되겠어.'

나는 다시 붓을 들고 단어 하나하나에 무게를 실었다. 그러자 이번엔 너무 건조하고 무거운 느낌이 들었다.

결국 나는 '가볍지도, 무겁지도 않은 가사'를 완성했다. 마음에도 흡족한 글이었다.

제자에게 원고를 건네며 말했다.

"수정할 일 있으면 반드시 나와 상의하게."

작곡은 음악 전문가에게 맡기면 비용이 만만치 않았지만, 나는 사범학교 동기에게 부탁했다.

"작곡료는 식사 한 끼!"

그 친구는 웃으며 흔쾌히 받아들였고, 그렇게 노래는 완성되었다.

노래는 가수 나진아가 불러 CD로 제작되어 부락과 출향민들에게 보급되었고, 출향민들의 휴대전화 벨소리로도 많이 사용되었다.

제자는 내 가사를 바위에 새겨, 청산 지명 천년 기념 조형물 옆에 세웠다.

기념식 날, 나는 놀라운 부탁을 받았다.

"선생님, 개통식에서 직접 가사를 낭독해 주십시오."

나는 망설였지만, 결국 마이크 앞에 섰다. 낭독을 마친 순간, 우레와 같은 박수가 터져 나왔다.

내 가슴이 뭉클했다.

그런데 바위 아래를 보니 '글샘 이상성'이라는 글자가 선명하게 새겨져 있었다.

제자는 머리를 긁적이며 말했다.

"선생님, 주민들이 작사자를 밝히지 않으면 '이 멋진 글을 누가 썼는지' 궁금해하고 '이름 없는 시는 꼭 꽁지 빠진 닭 같다.' 하셔서 선생님께 말씀도 안 드리고 이름을 새겼습니다. 양해를 부탁드립니다."

마음속에서 실없는 웃음이 올라왔다.

'이 정도 정성이라면, 내 이름쯤은 새겨도 괜찮겠지.'

청산에 살리라(작사 이상성 / 작곡 이상옥)

우뚝 솟은 도덕 봉에 산 새 소리 즐겁고
보청천 맑은 물에 고기들이 노니는 곳
칠보단장 이름난 살맛 나는 고장
청산의 명성을 이어 가리라

만리 방천에 소나기 그치면
갈전 폭포에 무지개 뜨고
봉황대 달빛이 너무 고운 곳
청산의 절경을 사랑하리라

청산 읍내 물레방아 사연 안고 돌고요
기름진 넓은 들에 풍년가도 흥겨운데
대추 곶감 인삼에서 푸른 꿈이 여무는 곳
청산의 살림을 늘려 가리라

동학 햇불 밝히고 독립 만세 외쳤던
정의로운 인물이 자자손손 이어진
민족혼이 깃든 곳 서로 믿고 도우며
한마음 한뜻으로 청산에 살리라

청산은 나를, 나는 청산을 노래했다

가끔은 삶이, 아무런 대가 없이 헌신한 일에 조용한 박수를 준비하고 있다는 사실을 깨닫는 순간이 있다.

청산 예찬가 작사 의뢰를 받았을 때, 나는 단지 '누군가는 해야 할 일'이라는 마음으로 그 부탁을 받아들였다. 명예도, 보상도 바라지 않았다. 그저 내가 살아온 고향의 아름다움을, 누군가의 마음에 닿을 수 있도록 옮기고 싶었다.

그런데 그 일은 뜻밖에도 나를 다시 '학생의 자리에' 앉혔다. 청산에 대해 새롭게 배우고, 현장을 발로 누비고, 오래된 기억과 민담을 경청하면서, 나는 교사이기 이전에 다시 한 명의 배움꾼이 되었다.

그 과정에서 깨달은 것은 단 하나였다.

'진심 없이 남의 마음을 움직이는 글은 없다.'

초안이 유치하다면, 그것은 내가 청산을 얕게 이해했기 때문이고, 무게만 가득하다면, 그건 진심 대신 형식에 치우쳤기 때문이었다.

결국 진정성을 담기 위해선, 감정의 온도와 역사에 대한 책임감이 동시에 필요하다는 것을 배웠다.

그리고 어느 날, 나도 모르게 내 이름이 '바위에' 새겨졌다. 처음엔 당황했지만, 곧 깨달았다.

이름을 남기고자 한 것은 내가 아니라, 기억하고자 한 사람들의 마음이었다는 것을.

그들은 나의 글에서 고향을 읽었고, 나의 목소리에서 청산을 들었으며, 그 감동을 어디엔가 새기고 싶었을 뿐이었다.

교육이란, 언제나 학생에게만 향하는 것은 아니다.

누군가를 진심으로 가르치고자 했던 시간은, 언젠가 다시 나를 다듬고 비추는 거울이 되어 돌아온다.

나는 그날, '작사 이상성'이라는 이름보다, 제자의 정성과 고향 사랑이 내 삶에 새겨졌다는 것을 가슴 깊이 받아들였다.

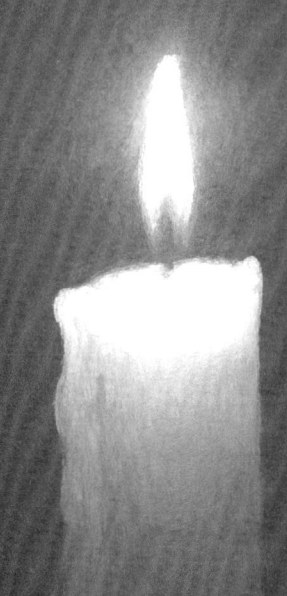

4부
—

묵묵히 흔들림 없이
나를 지켜 준
가족과 제자들

결혼, 그림자처럼 내 곁을 지켜 준 사람

"아내는 마음이 참 따뜻하고도 지혜로운 사람이었다."

사범학교 1학년 시절이었다. 외삼촌 장모님의 주선으로 단 한 번 선을 보았고, 그 짧은 만남에 마음이 움직였다. 그렇게 약혼을 하고, "결혼 전엔 처가에 오지 말라."는 부탁을 받아 데이트 한 번 하지 못한 채 3학년 겨울방학, 다섯 친구의 축복 속에서 구식 혼례를 올렸다.

아내는 귀한 집안의 막내딸로, 온 가족의 사랑을 듬뿍 받으며 곱게 자랐다. 반면 나는 장남으로 어린 시절부터 집안일을 도맡아야 했고, 허술한 초가집 사랑방으로 그런 아내를 맞이하자니 마음 한편이 늘 미안했다.

결혼 직후, 옥천 죽향초등학교에 발령이 나 학교 사택에서 1년간의 신혼생활은 짧지만 단꿈 같았다. 그러나 군 입대 통지서가 도착하며 그 행복에도 막이 내렸다. 나는 군인이 되었고, 아내는 홀로 시골 청산에서 시집살이를 하게 되었다. 물이 귀한 시골에서 물동이 한 번 제대로 옮겨 본 적 없는 아내는, 물을 반이나 흘리며 옷을 적시고 힘겨운 나날을 견뎌야 했다. 더군다나 함께 살던 제수씨는 농사도 살림도 능숙해서 칭찬을 받았고, 그에 비해 서툰 아내는 구박을 받으며 울음을 삼켰다. 내가 제대하는 날만 손꼽아 기다렸다는 말에, 가슴이 먹먹해졌다.

처가에서는 금슬 좋은 두 사람이라 여겼겠지만, 현실은 믿었던 도끼에 발등을 찍힌 격이었다. 아내는 시집 온 걸 후회하며, 고된 세월을 견디고 있었다.

제대 후 예곡초등학교로 발령이 났고, 신혼의 꿈은 또 다시미뤄졌다. 그래도 내가 곁에 있으니 안심이 된다며 아내는 힘을 냈고, 2년 뒤 청산의 모교로 옮긴 후 9년을 함께 가정을 일구며 아내도 점차 우리 집안에 적응해 갔다.

그러던 중 연이어 두 아들을 잃었다. 첫째는 조산으로 태어난 지 네 시간 만에 세상을 떠났고, 둘째는 다섯 살까지 건강히 자라다가 항문 옆 종기로 대소변을 제대로 보지 못하게 되며 안타깝게 세상을 떠났다.

그 상실의 고통 속에서 아내는 결국 집을 뛰쳐나가고 말았다. 갈 만한 곳은 다 찾아봐도 행방을 알 수 없어, 혹시 극단적 선택을 한 건 아닐까 염려하며 보청천 일대를 뒤졌고, 결국 서울 큰집에 있다는 소식을 듣고 단숨에 달려갔다.

그러나 아내는 눈물을 흘리며 "다시는 아이를 낳지 않을 거예요."라고 고집했다. 나도 함께 울며 "나도 여기서 죽겠다."고 엄포를 놓으니, 놀란 듯 결국 아내는 내 손을 잡았다.

그 후 또다시 아들을 낳았지만, 이번에도 어린 생명이 우리 곁을 떠나고 말았다. 부모님은 무당을 찾아가 점을 보았고, "물을 건너 이사를 가야 자손을 얻을 수 있다."는 말을 듣고는 보청천을 건너 읍내로 이사했다. 그 후 지금의 큰아들을 얻었다.

우리는 읍내에서 부모님과 함께 살다가 자녀 교육을 위해 청주로 이사를 했다. 돈이 없어 낮에도 불을 켜야 하는 골방에서 어렵게 새로운 삶을 시작했다. 그러나 아내는 쥐꼬리만 한 월급을 알뜰하게 운용하며 작은 희망들을 현실로 바꾸어 갔다.

얼마 지나지 않아 햇살이 드는 방으로 옮겼고, 몇 해 뒤엔 모충동에 조그만 집을 마련해 이사했다. 이어서 사창동의 이층집을 구해 2층은 세를 놓고, 1층에 작은 가게를 내어 살림에 보탰다.

아내는 어떻게든 가정을 일으키려 애썼고, 자녀들을 위한 터전 마련에도 마음을 쏟았다. 시간이 지나며 조금씩 형편이 나아지자

아이들에게 작은 거처를 마련해 주기도 했고, 한 뼘이라도 더 나은 미래를 만들어 주기 위해 최선을 다했다.

그 마음이 참 따뜻하고도 지혜로웠다. 사람들은 그런 아내를 '훌륭한 어머니'라 불렀고, 나 역시 존경과 감사의 마음으로 늘 아내를 바라보았다.

내 인생의 가장 아름다운 수업은 아내였다

사랑은 처음엔 설레고, 그 다음엔 고요해지고, 시간이 흐를수록 숙연해진다. 나와 아내의 삶은 언제나 조용한 강물 같았다. 반짝이는 청춘도, 요란한 고백도 없이 시작된 그 인연은, 마치 오래전부터 정해져 있던 흐름처럼 자연스럽게 우리를 한 길로 데려갔다.

귀한 집안의 막내딸이었던 아내는, 눈부신 꽃처럼 곱게 자라나 내게 왔다. 그러나 내가 안겨 준 것은 연분홍 꽃길이 아닌, 초라한 사랑방의 겨울 바람이었다. 낯선 시댁, 메마른 농촌, 말없는 시선들 속에서 그녀는 물동이 무게보다 무거운 마음을 이고 살아야 했다.

그런 아내에게 나는 늘 미안했다. 가난했던 우리 삶이 미안했고, 군에 입대하며 곁을 비웠던 날들이 미안했고, 함께 울어야 할 상실의 순간 속에 그녀를 혼자 남겨 둔 것이 무엇보다 미안했다. 그리고 그 모든 미안함 위에 아내는 침묵으로 사랑을 쌓았다.

세 명의 아이를 먼저 보내고도, 다시 마음을 열고 품을 내준 아내. 누군가에겐 보이지 않을 그 용기가 내겐 가장 눈부신 사랑이었다. 웃음보다 눈물이 더 많았던 세월 속에서도 아내는 손끝의 근심을 꿰매고 아이들 웃음으로 방안을 채워 나갔다.

청주의 좁은 골방에서 시작된 또 한 번의 삶. 불을 켜야 낮이 되는 그 방 안에서 아내는 희망이 담긴 밥상을 차려 주었고, 이층집의 세를 놓고 생긴 푼돈으로 아이들의 꿈을 적금처럼 모아 갔다.

어쩌면 그 모든 시간들이, 아내가 우리에게 건네준 가장 따뜻한 수업이었는지도 모르겠다.

삶이란 원래 그런 것 아닐까. 누구는 앞에서 말을 하고, 누구는 뒤에서 걸어가며 등을 받쳐 주는 것. 나는 교단 위에서 꿈을 말했지만, 아내는 그 교단 아래에서 말없이 내 삶을 붙들고 있었다. 바람이 불어도 흔들리지 않던 나무는, 사실 뿌리가 깊었기 때문이 아니라 뿌리 곁에 함께 웅크려 있어 준 누군가가 있었기 때문이었다.

지금 돌아보면, 내 삶에서 가장 단단한 기적은 사랑이 아니라 '동행'이었다. 소리 없이 견디고, 말없이 지켜봐 주던 그 사람. 아내는 내 삶의 조용한 등불이었고, 가장 소중한 스승이었다.

사라지지 않는 온기 속에 그리움만 남았다

아내의 당뇨와 치매가 심해지자, 결국 우리는 집에서 가까운 요양원의 문을 두드렸다. 다행히 장남의 친구가 원장으로 있어 독방을 배정받았다.

그날부터 나는 하루도 빠짐없이 아내를 찾아갔다.

오목을 두고, 고스톱을 치며 화투를 섞고 웃고 떠든 그 4년은, 요양원이라는 공간 속에서도 외롭지 않았던 우리만의 소중하고 평화로운 시간이었다.

아내의 병세가 깊어질 때면 나는 곧장 병원으로 달려가 간병인이 되었다. 식욕을 잃은 아내가 김밥만은 잘 먹는다는 걸 알게 된 후로는, 저녁마다 김밥을 사 들고 갔고, 요양원 밥은 내가 대신 먹었다.

한 달에 50만 원이 들었지만, 단 한 번도 아깝다고 생각한 적은 없었다. 오히려 그 시간이 감사했다.

아내와 함께여서, 여전히 아내의 곁에 있을 수 있어서.

하지만 코로나는 우리의 마지막 시간을 앗아 갔다. 면회가 금지되자 아내는 홀로 긴 고독을 견뎌야 했고, 나는 그 벽 너머에서 무력하게 기다릴 수밖에 없었다. 그렇게 아내는 조용히, 86년의 생을 마치며 먼 길을 떠났다.

그날 이후, 나는 자주 무너졌다. 아무도 없는 거실에서, 조용한 밤의 창가에서, 홀로 남은 이불을 마주한 새벽에 끝없이 자문했다.

'내가 조금만 더 일찍, 더 자주 웃어 주었더라면……'

'그날 마지막 면회에서, 조금 더 손을 꼭 잡아 주었더라면……'

스스로를 다그치며 수없이 울었지만, 내 마음을 끝끝내 따뜻하게 감싸주는 것은 다름 아닌 눈 감아야 보이는 아내의 미소였다.

언제나 부드럽게, 조용히 웃어 주던 그 모습이 이제는 내 기억 속 가장 따뜻한 등불이 되었다.

아내 이름으로 지은 삼행시

신의 품속 지상 낙원 영생의 꿈을 품고
금일도 즐겁게 봉사하고 기도하며
분주한 일정 속에서 알찬 나날 일구네.

 그녀가 남긴 미소, 사랑은 끝나지 않았다

삶은 함께 걸을 때는 그저 '일상'이라 부르지만, 어느 날 홀로 걷게 되었을 때야 비로소 깨닫게 된다.

그 일상들이 얼마나 소중한 것이었는지를.

김밥 한 줄을 사 들고 병실을 찾던 그 저녁 시간들은, 늘 같은 풍경이 반복되었지만, 그 반복 속에 내 마음과 정성이 모두 담겨 있었다. 그 평범한 일상 안에서, 나는 가장 진심 어린 사랑을 건네고 있었던 것이다.

사랑은 언제나 조용한 곳에 숨어 있다.

그것은 아내의 손을 말없이 꼭 잡아 주는 일이었고, "이건 입맛에 안 맞아." 하는 한마디에 다른 반찬을 들고 서둘러 다시 나서는 일이었으며, 창밖을 함께 바라보다가 말없이 서로의 눈빛을 나누는 순간에 피어났다.

요양원에서의 4년은, 세상이 보기엔 간병의 시간이었지만, 내게는 가장 행복하고 고마운 시간이었다. 그 시간 속에서 나는 매일 사랑을 배우고, 또 실천했다.

하지만 삶은 늘 예고 없이, 안개처럼 이별을 데려온다.

코로나로 면회가 금지되던 어느 날부터, 우리는 유리창 너머로만 서로를 바라보아야 했다. 나는 창밖에서 그녀를 찾았고, 아내는 안에서 조용히 눈길을 돌려주었다. 그리움이 유리창을 사이에 두고 쌓여 갔고, 그 벽은 어느새 우리의 마지막이 되어 버렸다.

손을 잡지 못한 채, 웃음을 나누지 못한 채, 아내는 조용히 나의 곁을 떠났다.

그리고 나는 남겨졌다.

다시 김밥 가게 앞을 지나칠 때면 발걸음이 느려지고, 그녀와 마주 앉았던 조용한 저녁의 기억이 불현듯 마음속에서 피어난다.

마지막까지 하루도 빠짐없이 곁을 지켰지만, 그리움은 늘 나보다 한 발 먼저 떠났다.

아내는 떠났지만, 그 미소는 여전히 내 기억 속에 남아 내 하루를 견디고, 또 살아가게 한다.

사랑은 끝나지 않았다.

그것이 삶이 내게 남겨 준 가장 따뜻한 진실이다.

정운 가족 – 수련회로 다지는 끈끈한 가족 연대

내가 교육 현장에서 배운 가장 중요한 가치는 '함께하는 힘'이었다. 이 깨달음은 단순히 학교 안에만 머물 수 없었고, 자연스레 우리 가족과 형제자매들의 가정으로까지 확장하고 싶어졌다. 그렇게 시작된 것이 바로 '정운 가족 수련회'다.

'정운'이라는 이름은 부모님의 함자에서 각각 한 글자를 따 만든 것이다. 아버지의 함자 '이정우'와 어머니의 함자 '여운임'의 가운데 글자를 합쳐, 서로 도우며 살아가는 가족이 되자는 뜻을 담았다. 정운수련회는 3남 2녀 형제들이 서로 협력하고 사랑을 나누며, 조카들까지 함께 성장할 수 있는 장으로 자리 잡았다.

처음에는 매년 정해진 날짜에 맞춰 단순한 운동회 형식으로 진행되었지만, 현재는 더 많은 가족이 참여할 수 있도록 날짜를 유동적으로 정하고, 여행과 결합한 수련회 형태로 발전했다. 전날 오후에 모여 밤까지 친교의 시간을 가지며, 다음 날에는 공식 행사와 가족 모두가 즐길 수 있는 다양한 레크레이션 활동이 이어진다.

이 모임의 뿌리는 40여 년 전으로 거슬러 올라간다. 막내 여동생이 결혼한 다음 해, 우리는 '남매 계'라는 이름으로 가족 계모임을 만들고, 해마다 각 가정을 방문하며 친목을 다졌다. 세월이 흐르고 가족이 늘면서 집에서 모이기 어려워지자, 내가 근무하던 학교 강당을 활용해 좀 더 여유로운 공간에서 행사를 진행할 수 있게 되었다.

현재 정운 가족 수련회는 연례 행사로 자리 잡았다. 공식 행사는 개회사, 조상에 대한 묵념, 회가 제창, 가족 표창과 감사보고 등으로 진행되며, 이후 이어지는 프로그램은 가족이 함께 배우고 웃으며 즐거운 시간을 보낼 수 있도록 알차게 구성되어 있다.

정운회가(작사 이상성 / 작곡 이상옥)

1절
한 핏줄로 이어진 우리 모두는
조상의 빛난 얼을 이어 가면서
새로운 우리 길을 다져 나가자

후렴
우리는 정운 후손 긍지를 갖고
한마음 한뜻으로 한데 뭉쳐서
우리가문 빛내는 보람에 살자

2절
근면과 성실로 내일을 열고
사랑과 봉사로 마음을 열며
근검과 절약으로 꿈을 이루자

3절
기쁜 일은 나누어 배로 늘리고
슬픈 일은 나누어 반으로 줄여
서로 믿고 도우며 즐겁게 살자

정운 수련회의 특별한 게임은 실외와 실내 종목으로 나뉘며 다음과 같다.

▶ 실외 종목

1. 자가용 밀고 돌아오기: 시동을 끄고 여섯 명이 밀어 운전자가 운전하며 돌아오기
2. 폐타이어 뒤집기: 한 면에 흰 페인트를 칠하고 많이 뒤집은 편이 승
3. 줄다리기: 청백 동수로 편성하여 더 많이 줄을 끌어온 편이 승
4. 자가용 경기: 자가용에 많이 들어간 편이 승
5. 어린이 행운 달리기: 촌수 찾기 쪽지에 따라 행동
6. 협동단결: 원 안에 많이 들어간 편이 승 (업고 앉기, 목마, 매달리기 등)
7. 일심동체: 두 사람 다리를 묶고 목표물 돌아오기
8. 비닐 공 운반: 머리 위, 옆, 가랑이 밑으로 공 전달
9. 피구: 테니스 공을 굴려 맞은 사람은 탈락
10. 장님 경기: 안대 낀 사람이 자력으로 목표물 맞추기
11. 장님 놀이: 업힌 사람이 귀를 잡고 방향 지시
12. 계주: 남녀 4명씩 교대 달리기
13. 삼인일체: 두 사람이 가마를 만들어 사람 태워 목표물 돌기
14. 쪽지 경기: 지시된 행동 수행 후 달리기
15. 신발 던지기: 신발을 멀리 던진 사람이 승

▶ 실내 종목

1. 앉아 일어서 반대: 지시 반대로 행동

2. 노래 게임: 주어진 자음으로 노래 이어 부르기

3. 손수건 묶기: 손수건 속 손목을 묶는 게임

4. 암호 전달: 문장을 앞사람에게 전달해 정확히 옮기기

5. 몸동작 전달: 몸동작만으로 지시사항 전달

6. 몸동작 맞추기: 동작을 보고 맞추기

7. 비상 끈 잇기: 물에 빠진 사람 구하는 끈 잇기

8. 눈 가리고 그림 그리기: 얼굴을 안대 낀 채 그림

9. 빨리 가져오기: 지시 물건을 먼저 가져오는 사람 승

10. 정확한 발음: 발음이 어려운 문장 빠르고 정확히 말하기

11. 윷놀이: 윷에 변형 문구 삽입

12. 글 이어짓기: 문장을 차례로 이어 완성

13. 짝짓기: 숫자에 맞게 짝을 이루지 못하면 벌칙

▶ 수련회 연혁

• 장소는 모교 강당, 교직 중인 학교, 대전 보건대학(동생 재직 당시), 대전 효공원(동생 해설 봉사 당시), 청주 수련장, 청산 예곡 수련장 등에서 진행되었다.

• 1992년 MBC 문화방송 '어떤 수련회'로 전국에 방송되었으며, 가정 프로그램인 '가족 오락관'에도 출연했었다.

• 각종 일간지, 주간지, 여성 월간지(리빙센스, 우먼센스 등)에 모범 가정으로 소개되었다.

가족이 함께 하여 기쁨은 배로 늘리고, 슬픔은 반으로 나누는 것. 이 단순한 진리를 매년 확인할 수 있는 자리가 바로 정운가족 수련회였다. 조카들과 손자손녀들이 이어서 이 전통을 지켜갈 수 있도록, 나는 그저 묵묵히 한 자리를 지키며 웃고 있을 것이다.

그것이야말로, 내가 걸어온 삶의 가르침을 가족에게 전하는 가장 따뜻한 방식이니까.

월간 잡지 리빙센스 94년 6월호 기사 전문

행복한 가정엔 웃음이 떠나지 않는 이유가 분명히 있다.
– 이상성 씨 일가

이명우 기자

1년에 한 번씩 여는 가족 수련회 겸 체육대회
이상성(50세)의 형제자매들은 매년 한 번씩 수련회 겸 체육대회를 갖는다. 이 모임은 "정운 수련회"란 이름을 붙였다. 정운 수련회라는 명칭이 만들어진 의미를 알면 이 모임의 취지를 가늠해 볼수 았다.
'정운'이라는 단어는 이상성씨의 아버지 함자 '이정우' 어머니 함자 '여운임'의 중간자를 채택한 것이다. '정운'이라는 단어가 상징하듯 부모님의 뜻을 받들어 3남2녀의 형제들이 서로 상부상조하고 협동 봉사하는 미덕을 가꾸기 위한 가족 모임이다.
이상성씨의 형제자매들 가족 남자 23명 여자 16명은 매년 8월 15

일이면 모두들 모여 수련회 겸 운동회를 갖는다. 작년에도 8월 14일 전야제를 시작으로 정운 수련회가 가족의 뜨거운 참여 속에 열렸다

이 모임의 시작은 20년 전으로 거슬러 올라가야 한다. 막내 여동생이 결혼한 다음 해부터 이상성 씨 형제자매들은 남매계라는 이름의 가족 계모임을 만들었다.

1년에 한 번씩 각 가정을 순방하면서 형제자매들의 우의는 물론 조카들까지도 서로 친하게 지낼 수 있는 자리를 마련한 것. 그것이 세월이 가면서 가족수가 점점 늘어나게 되고 집에서 모이기에는 무리가 따르게 되었다.

그래서 이상성씨가 '정운 수련회'로 이름을 바꾸고 프로그램을 다양하게 행사 내용을 새로이 바꾸었다. 학교운동장과 강당 등의 시설을 십분 이용했다.

올해도 어김없이 오는 8월 15일이면 '정운 수련회'가 성대하게 치러질 예정이다. "작년 모임은 여느 때보다 반응이 좋았어요. 제가 보이스카웃을 지도하면서 쌓아 왔던 경험을 프로그램에 많이 반영을 했죠. 그랬더니 참 좋아하더군요. 그리고 제일 연장자라고 점잔 부리지 않고 제가 더 열심히 나섰지요. 조카들 앞에서 재롱(?)까지 부렸다고나 할까요."

피붙이로 이어진 사람들이 마음으로도 연결되다

가족이란 무엇인가? 나는 그 답을 오랜 시간 교단에서, 그리고

삶의 중심에서 찾아왔다. 교직 생활 내내 나는 공동체의 힘을 믿었다. 하지만 그 공동체 정신이 학교 담장을 넘어, 가장 가까운 삶의 터전인 가정에서부터 시작되어야 한다는 것을, 정운 가족 수련회를 통해 실감했다.

정운 수련회는 단순한 가족 모임이 아니다. 피붙이로 이어진 사람들이 '다시 마음으로도 연결되어야 한다.'는 조용하지만 분명한 선언이다.

나의 아버지와 어머니의 이름에서 한 글자씩을 따 만든 '정운'이라는 이름 속에는, 단순한 혈연 이상의 유산이 담겨 있다.

우리는 조상을 기리고, 서로를 축복하며, 자손들에게까지 협동과 나눔의 가치를 전해 왔다. 때로는 놀이의 형식을 빌리고, 때로는 웃음을 통해 마음을 전하며, 그 안에는 묵묵한 책임이 함께했다. '가족을 이어 간다.'는 것은 결국 누군가 한 사람이 앞서 나아가며 길을 닦는 일이기도 했다.

내가 그 역할을 맡았지만, 그것은 누구에게 보여 주기 위함이 아니라, 아이들에게 남겨주고 싶은 삶의 방식이었을 뿐이다.

정운 수련회가 이어지며 나는 하나의 진실을 깨닫게 되었다. '행복한 가정에는 웃음이 떠나지 않는다.'는 사실이다. 웃음을 만들어내는 것은 그 안에 담긴 시간과 애정, 정성, 그리고 인내다. 바로 그것이 가족이라는 단어가 가진 진정한 가치다.

앞으로 이 모임이 어떻게 변화하고 어떤 모습으로 이어질지는 알 수 없다. 그러나 한 가지는 분명하다. 언젠가 내가 이 자리를 떠나더라도, 함께 웃고 손을 맞잡았던 기억, 서로를 응원하며 불렸던 '정운회가'는 우리들의 마음속에서 오래도록 살아 있을 것이다.

그것이면 족하다. 그것이야말로, 내가 진정으로 남기고 싶었던 가르침이었을지도 모른다.

나만의 건강 관리
- 일상의 성실함으로 지켜온 삶의 리듬

나는 이제 아흔 살이 되었다.

일제 강점기, 하루하루 끼니를 걱정하며 살았던 어린아이가 어느새 구십의 세월을 건너 여기까지 이르렀다. 특별한 장수의 비결 같은 것은 없다. 다만 몸과 마음을 소홀히 하지 않고, 부지런히 돌보려 했던 태도와 그 꾸준함이 오늘의 나를 지탱해 주었다고 믿는다.

세월이 깊어질수록 절실히 깨닫는다. 건강은 마음속의 결심이나 단 한 번의 노력으로 지켜지는 것이 아니다. 그것은 작은 습관을 날마다 이어 가는 데서 비롯되며, 마음가짐과 태도의 끈질긴 성실함 속에 깃들어 있다.

돌아보면 내 삶은 화려하지도, 특별하지도 않았다. 그러나 소박한 습관들이 쌓여 나를 붙들어 주었고, 수많은 고비마다 다시 일어설 힘이 되어 주었다. 지금 나는 그 길 위에서 얻은 나만의 건강 관리와 삶의 지혜를 정리해, 사랑하는 가족과 후손들에게 전하고자 한다.

1) 생활 습관

• 수면

– 밤 10시면 잠자리에 들고 새벽 3~4시쯤 일어난다. 다만 밤사이 전립선 문제로 한두 번 화장실에 다녀와야 하는 것이 걱정이다.

• 하루 식사

– 기상 직후: 바른 자세로 기도한 뒤, 계피가루와 식초를 탄 물한 잔을 마시고 따뜻한 물에 멸치 한 줌을 곁들인다.

– 아침: 경옥고, 사과 반죽, 양배추, 생무, 베지밀, 김, 우슬봉조탕.

– 점심: 호박죽, 칼국수, 복지관 식사 또는 라면 · 고구마 등.

– 저녁: 주로 상추쌈, 가끔 우족탕.

• 음주 · 흡연

– 퇴직 전에는 술자리를 피할 수 없었지만, 퇴직 후 자연스럽게 금주하게 되었다. 담배는 평생 입에 대지 않았다.

2) 생활 속 운동 습관

• 아침 운동

– 하루를 국민체조로 시작한다. 심호흡과 함께 힘차게 구호를 외친다.

– "정운 가족 만세! 우리 가족 만세!"

– 짧은 말 속에 건강에 대한 다짐과 가족에 대한 감사의 마음을 담는다.

- 체조가 끝나면 의자를 잡고 뒤꿈치 들기 운동을 200회 한다. 이 습관은 수십 년째 이어 오고 있다.

- **걷기**
- 여든까지는 매일 산길을 따라 만 보 이상 걸었고, 지금은 아파트 복도 등 평지에서 하루 6천 보 이상 걷는 것을 목표로 한다. 걷기는 내 삶의 일상이자 노년의 가장 든든한 버팀목이다.

- **침대 위 건강 루틴**

잠자리에 들기 전, 하루를 정리하는 마음으로 몸 곳곳을 자극하며 이완한다. 그러면 숙면에 도움이 된다.

- 항문 조이기 50회(양손 쥐었다 펴기와 병행)
- 복부 누르기 10회(숨을 내쉬며 배를 아래로 밀기)
- 귀 자극: 귓불 문지르기, 귀 위 · 아래 자극
- 머리 두드리기: 손가락으로 두피 전체 자극
- 턱과 코 주변 마사지: 치매 예방과 기분 전환
- 눈 피로 풀기: 안연고와 인공눈물 사용
- 혀 운동: 혀를 길게 빼기 100회, 혀로 입안 구석구석 훑기
- 다리 운동: 다리 벌리기, 공중자전거, 다리 털기

3) 눈 건강 – 잘 본다는 것은 곧 잘 산다는 것

젊은 시절에는 눈의 소중함을 실감하지 못했다. 작은 글씨도 쉽게 읽히고 시력에 불편함이 없었기 때문이다. 그러나 나이가 들며 돋보기를 찾게 되고 흐릿한 시야의 답답함을 겪으며 비로소 눈 건강의 가치를 깨달았다.

백내장 수술 후 렌즈를 삽입하자 다시 작은 글씨를 선명히 읽을 수 있게 되었고 일상의 편의가 크게 달라졌다. 백내장이 아니더라도 시력이 불편하다면 전문의의 진단을 받아 렌즈 삽입술을 고려해 볼 만하다. 삶의 질이 분명히 달라진다.

4) 무릎 건강 – 무릎은 삶의 기둥이다

65세 무렵, 오른쪽 무릎 통증이 시작되었다. 수영 · 약물치료 · 침 · 한약 등 여러 방법을 시도했으나 효과는 미미했다. 그러던 중, 인천에 사는 지인이 무릎 수술 후 완치되었다는 소식을 듣고 결국 70세에 부천 연세사랑병원에서 양쪽 무릎 인공관절 수술을 받았다.

수술 직후 고통이 너무 심해 이를 악물고 버텨야 했다. 그러나 그 고비를 넘기자 다시 활력을 찾을 수 있었다.

수술 이후에도 꾸준한 관리가 필수였다. 지금도 '우슬봉조탕'을 복용하고 있으며, 손녀가 보내준 무릎 안마기로 밤마다 마사지를 하고 있다. 무릎 건강은 수술로 끝나는 것이 아니라, 이후의 성실한 재활훈련과 관리가 무엇보다 중요하다.

5) 발가락 수술 – 걷는 즐거움

2023년, 발가락 염증이 악화되어 뼈가 드러날 정도가 되자, 걷는 것조차 불가능해졌다. 만 보 걷기를 습관처럼 이어 온 나에게 삶의 의욕이 무너질 만큼 큰 충격이었다.

청주 병원에서는 발가락 절단을 권했으나, 서울 아산병원에서는 미세혈관 확장 수술을 권했다. 발끝까지 막힌 혈관을 뚫을 수 있을 줄은 상상도 못했다.

시술 후 열흘 남짓 입원하자 염증이 가라앉고 뼈가 보이던 발가락에도 다시 살이 올라왔다. 우리나라 의료 수준의 뛰어남을 새삼 실감하게 되는 순간이었다.

6) 심근경색 – 또 한 번의 고비

2024년, 심근경색으로 스텐트 삽입 시술을 받았다. 아침 운동 때 가끔 가슴이 뻐근하곤 했는데, 친구들과 점심을 먹다 같은 증상이 나타났다. 함께 있던 친구가 위험하다고 하며 곧바로 119를 불렀다.

병원에 도착하자마자 긴급 시술에 들어갔다. 심장 혈관조영술을 통해 스텐트 세 개를 삽입했는데, 그중 한 혈관은 터지기 직전이었다고 한다.

열흘 정도 입원했는데, 젊은 환자들은 하루 만에도 퇴원한다고 하니 의료 기술의 발전이 놀라울 따름이다. 시술이 간단할 뿐 아니라 비용 또한 저렴해 우리나라의 의료 보험 체계와 기술력에 큰 자부심을 느꼈다.

 건강을 잃으면 꿈도 사랑도 모두 흔들린다

아흔 해를 살아오며 깨달은 한 가지가 있다. 건강이란 어느 날

갑자기 찾아오는 선물이 아니라, 매일의 사소해 보이는 선택과 태도가 쌓여 빚어낸 결실이라는 것이다.

나는 특별한 장수 비결을 가진 사람이 아니다. 다만 하루를 허투루 보내지 않으려는 마음, 몸과 마음을 부지런히 돌보려 했던 성실함이 오늘의 나를 지탱해 주었다.

젊을 적에는 몰랐다. 작은 글씨도 또렷하게 보이고, 산길도 거뜬히 오르내릴 수 있었던 그 시절에는 건강이 영원할 것만 같았다.

그러나 나이가 들수록 깨닫는다. 눈 하나, 무릎 하나, 발가락 하나조차도 소홀히 여겨서는 안 된다는 것을.

백내장 수술 후 다시 선명히 세상을 바라볼 수 있게 되었을 때, 무릎 인공관절 수술로 다시 걸을 수 있게 되었을 때, 막힌 발끝 혈관이 뚫려 생명을 얻은 듯 발을 딛게 되었을 때, 그리고 심근경색의 고비에서 살아 돌아왔을 때, 나는 매번 다짐했다. 남은 삶은 새로이 선물로 주어진 것이라고.

아침마다 국민체조를 하며 외치는

"정운 가족 만세! 우리 가족 만세!"

짧은 구호 속에 담긴 것은 내 건강이 곧 가족의 기쁨이며, 내 삶이 곧 후대의 버팀목이라는 간절한 마음이다.

나는 걷기를 멈추지 않는다. 만 보를 채우던 젊은 날의 발걸음은 이제 6천 보로 줄었지만, 그 한 걸음 한 걸음이 내게는 생명줄과 같다.

잠자리에 들기 전 몸을 어루만지며 하루를 정리하는 습관은, 단순한 운동이 아니라 내 삶에 대한 감사의 기도다.

살아 보니 알겠다. 건강은 하루아침에 이루어지지 않는다. 내 몸 하나 하나를 오래된 친구처럼 아끼고 세심히 보살필 때 비로소 지켜진다. 나의 몸은 때로 무너지고 고통에 쓰러지기도 했지만, 다시 일어설 수 있었던 힘은 성실한 일상과 가족을 향한 사랑이었다.

이제 나는 후손들에게 말하고 싶다.

큰 뜻을 품기 전에, 먼저 하루의 작은 습관을 지켜라. 일상의 성실함은 결코 너희를 배신하지 않을 것이다. 건강을 잃으면 꿈도 사랑도 모두 흔들린다. 그러나 작은 성실을 지켜 낸다면, 고통의 순간마저도 삶의 선물이 될 수 있다.

기억나는 제자들

내 제자들 중에는 각계각층에서 눈에 띄게 활동하는 이들이 많다. 대학 총장이나 교수, 의사도 있고, 특이하게는 청와대 경호실 차장을 지낸 제자도 있다. 웅변으로 두각을 나타냈던 해군 소장과 군 의회 의장을 지낸 제자도 있다. 그밖에 기업체 사장, 탤런트, 목사, 학교 교사들도 적지 않다.

그들이 사회 곳곳에서 성실하게 자신의 길을 걸어가는 모습을 볼 때면, 마음 한편이 뭉클해진다. 단순히 '교사의 보람'을 느끼는 차원을 넘어, 한 사람이 남긴 작은 가르침과 정성이 넓은 세상 속에서 살아 숨 쉬고 있음을 확인하는 순간이기 때문이다.

나는 늘 믿는다. 그들의 영향력과 성취는 결코 혼자 이루어진 것이 아니다. 교실에서 함께 부르던 노래, 서로를 북돋우며 나눈 꿈, 땀방울로 채워진 하루하루가 씨앗이 되어 지금의 열매를 맺었으리라.

작은 가르침 하나, 격려의 한마디, 끝까지 포기하지 않은 손길이 오늘의 그들을 만들었다는 사실은, 교사의 길이 단순한 직업이 아니라 한 세대를 길러 내는 숭고한 여정임을 다시금 일깨워 준다.

제자들이 각자의 자리에서 성실히 뿌리는 씨앗은 나에게도 큰 힘이 된다. 그 힘은 다시 다음 세대로 이어져, 세상의 작은 교실 속에서 또 다른 희망과 꿈을 피워낼 것이다. 교육은 그렇게 끝나지 않고, 한 사람의 삶을 넘어 세상 속에서 살아 숨 쉬는 연속의 이야기임을 나는 깊이 느낀다.

이제는 떠난 교사의 삶이지만, 남겨진 제자들이 그들의 자리에서 오래도록 빛나는 이름이 되기를 바라며, 나는 오늘도 제자들의 이름을 되새겨 본다.

1) 생명의 은인이 된 제자

교동초등학교에 근무하던 시절, 한겨울 맹추위가 기승을 부리던 어느 날이었다. 하루 일과를 마치고 몇몇 직원들과 어울려 술자리를 가졌다. 술기운에 기분이 들뜨자, 나는 비틀비틀 자전거를 끌고 집으로 향하고 있었다.

그때 낯선 남자가 다가와 등을 툭 치며 말했다.

"형님, 술 한잔 더 하고 가시지요?"

술기운에 경계심은 무디어졌고, 나는 선뜻 그의 말에 따라 술집 안으로 들어섰다.

"술, 좋지. 한잔 더 하고 가지."

막걸리 한 잔을 받아 들고는, 그게 그날 밤의 마지막 기억이 되었다.

눈 쌓인 제방, 한밤중. 나는 정신을 잃은 채 쓰러져 있었다. 그대로 얼어붙었더라면, 다시 일어설 수 없었을지도 모른다.

그 순간, 기적처럼 한 소년이 나를 발견했다. 제사에 쓸 양초를 사러 나왔던 제자 영수였다. 그 아이는 쓰러진 사람을 보고 깜짝 놀라 다가갔고, 얼굴을 확인하자 "선생님!" 하고 부르짖었다고 한다.

영수는 곧장 근처 이발소에 나를 데려가 눕혀 두고, 겨울 밤의 찬바람을 가르며 우리 집을 찾아 헤맸다. 물어 물어 어렵사리 우리 집을 찾은 그는, 내 아이들과 아내에게 이 사실을 알렸고, 가족들은 리어카를 빌려와 나를 실어 왔다. 장남은 자전거를 끌고, 아내는 꿀물을 데우며 연탄 아궁이에 불을 활짝 피워 방을 덥혔다고 한다.

다음 날 아침, 나는 겨우 정신을 차렸다.

주머니를 뒤져 보니, 고급 만년필과 시계, 현금까지 모두 사라져 있었다. 누군가 막걸리에 수면제를 타 나를 취하게 만든 뒤, 쓰러진 틈을 타 소지품을 훔쳐 간 악의적인 범행이었다.

그날 저녁, 나는 곧장 영수의 집을 찾았다. 생명의 은인인 제자에게 깊은 고마움을 표하고, 정성껏 준비한 작은 답례품을 건넸다.

영수의 부모님은 오히려 내 손을 붙잡고 말씀하셨다.

"선생님, 과한 말씀이십니다. 선생님 추천 덕분에 우리 아들이 시市에서 선발하는 '청풍명월동자'가 되지 않았습니까? 그 은혜를 잊지 않고 있습니다."

나는 미소 지으며 말했다.

"영수는 앞으로 큰 인물이 될 겁니다. 그날 보여 준 판단력과 실행력이라면 반드시 그렇게 될 겁니다."

그날 저녁, 따뜻한 밥 한 끼를 대접받고 집으로 돌아오며 혼자서 깊은 생각에 잠겼다.

술이라는 것이 이렇게까지 무서운 것이었구나.

그날 이후로 나는 술을 마실 때면 늘 조심하게 되었고, 그 경험은 내 평생의 경각심으로 남았다.

내가 이끌었던 손에, 어느 날 내가 이끌리고 있었다

교직에 있으면, 제자의 손을 잡아 이끄는 순간은 익숙하다. 하지만 어느 날, 그 손에 내가 이끌리는 순간도 찾아온다.

한겨울 깊은 밤, 술기운에 휘청이던 내가 위험에 처했을 때, 나를 일으킨 것은 다름 아닌 내가 가르쳤던 제자였다.

눈길을 지나 우연히 나를 발견한 아이는 놀람과 걱정을 뒤로한 채 스스로 판단하고, 차가운 바람 속을 달려 가족에게 알리고, 나를 집으로 데려오는 일까지 도맡았다.

그날의 일은 나를 부끄럽게 만들었다. 스승이라는 이름 아래 누군가의 이정표가 되어야 하는 내가, 순간의 방심으로 되려 제자의 손에 이끌려야 하는 처지가 된 것이다.

술 한잔이 얼마나 위태로운 결과를 부를 수 있는지, 나는 그날 이후로 술을 대할 때마다 한 걸음 물러서게 되었다.

하지만 동시에, 교육이 남긴 흔적이 어디까지 이어지는가를 깨닫는 깊은 감동도 느꼈다. '청풍명월동자'로 뽑혔던 아이는, 자신이 받은 작은 배려를 기억했고, 누군가를 돕는 일이 마땅하다고 믿었다. 배움의 대가는 은혜처럼 간직되었고, 나는 그 따뜻한 회답을 생명으로 받았다.

그날 이후 나는 자주 생각한다. 스승은 늘 가르치는 사람으로만 남지 않는다. 때로는 제자의 손에 의해 삶이 이끌리기도 하고, 방향이 붙들리기도 한다. 교육은 성적표에 찍히는 숫자보다 더 멀리, 더 깊이 이어지며, 한 사람의 내면에 심어진 태도와 품성은 결국 행동으로 나타난다.

스승이 길을 잃을 때, 그 길을 밝혀주는 이는 제자일 수 있다. 나는 그날, 누군가의 인생에 남긴 작은 불씨가 나를 깨우는 등불이 되어 돌아올 수 있다는 사실을 알게 되었다.

2) 청와대 제자 – 그리움으로 되돌아온 존경

사범학교 동기회장을 맡고 있던 어느 해, 서울에 사는 동기들의 초청으로 청와대 방문행사를 하게 되었다.

마침 청와대 경호실에 높은 직위로 근무하던 제자가 있어 안내를 받게 되었다. 경내 설명과 함께 선물로 허리띠를 하나씩 나누어 주었는데, 그 모습을 본 동기들이 말했다.

"야, 이 교장 진짜 교육 잘했네! 제자에게 이런 대접 받기 쉽지 않지!"

부러움 반, 칭찬 반. 나도 그 말에 슬며시 뿌듯해졌다.

그런데 버스 안에서 허리띠를 받은 친구 하나가 "이거 봐 봐. 누가 덤비기만 해봐. 나 이거 있어~" 하며 허리띠를 꺼내 으스댔고, 그 말에 모두가 한바탕 크게 웃었다.

청와대 허리띠를 들고 으스대는 친구들의 장난기 어린 모습은 아직도 눈에 선하다.

또 다른 날, 나는 대통령 표창 대상자로 선정되어 청와대로 초대되었다. 청와대에 도착하자 반가운 얼굴이 나를 맞이했다. 바로 그 제자였다.

"선생님! 명단에서 성함을 보고 얼마나 기뻤는지 모릅니다."

그 말에 가슴이 뭉클해졌다.

"선생님, 이건 선생님과 사모님께 드리는 선물이에요."

고마움에 눈시울이 붉어졌다.

그 선물은 단순한 물건이 아니라, 제자의 마음이 담긴 작은 정성이었다. 나를 기억해 주고, 감사와 애정을 전하고 싶은 마음이 전해져 오는 순간이었다.

나는 문득 옛 교실에서 했던 말을 떠올렸다.

"사람이 태어나 세 번 이상 중앙지 신문에 글이 실려야 이 세상에 태어난 보람이 있다, 라고 내가 말했었지. 좋은 글을 써서 세상에 이름을 알리는 사람이 되어야 한다고."

그러자 제자는 웃으며 대답했다.

"저, 네 번 발표됐습니다."

"그래서 이런 자리에서 일하고 있는 거구나. 참 잘했다."

우리는 김대중 대통령에게 표창장을 받은 뒤, 서로 악수를 하고 헤어졌다.

얼마 후 대통령과 함께 찍은 사진이 고급 액자에 담겨 배달되었고, 나는 그 사진을 교장실 벽에 걸었다.

그리고 내가 펴낸 동시집에도 그 사진을 실어, 그날의 기억을 오래도록 남겼다.

그 책을 본 청주시 교육장님께서 말씀하셨다.

"정말 부럽습니다. 교장 선생님은 인복도, 제자복도 참 많아요."

 ## 가장 큰 상賞은, 제자가 건네는 기억이다

교육의 보람은 종종 세월 저편에서 돌아온다. 언젠가 먼 길로 흩어진 줄 알았던 제자들이, 어느 날 불쑥 '선생님'이라는 이름으로 나를 다시 불러줄 때, 그 순간이야말로 교직의 긴 여정을 환히 비추는 보석 같은 선물이다.

청와대 방문과 대통령 표창, 그날의 겉모습은 화려했지만, 내 가슴을 가장 벅차게 한 것은 의전 차량도, 훈장도 아니었다. 오랜 세월이 흘러도 내 이름을 기억하며 감사의 마음을 전해 온 제자, 그 존재 자체가 내 삶을 빛나게 했다.

그가 내 손에 건넨 선물은 단순한 물건이 아니었다. 그것은 기억과 감사가 담긴 따뜻한 마음의 증표였고, 한 사람의 삶 속에 내가 스며 있었다는 조용한 증명이었다.

어쩌면 교사의 삶이란 그런 것일지 모른다. 수업 시간의 한마디가 누군가의 인생을 움직이는 나침반이 되기도 한다.

"신문에 세 번 이상 실려야 태어난 보람이 있다."

농담처럼 던졌던 그 말이 제자의 신념이 되고, 오늘의 삶을 열어 가는 씨앗이 될 줄은, 나 자신조차 알지 못했다.

누군가는 "교사의 업적은 눈에 보이지 않는다."고 말한다. 그러나 나는 안다. 교사의 흔적은 시간 속에 숨어 있다가, 가장 따뜻한 방식으로 되돌아온다는 것을. 그것은 의전의 화려함보다 오래 남고, 액자 속 사진보다 더 선명하게 기억된다.

교사는 언젠가 교단을 떠난다. 그러나 그 빈자리는 공석이 아니라 제자들의 기억으로 채워진다. 제자의 손에 이끌려 들어간 청와대에서 나는 다시 깨달았다. 교사는 제자의 마음속에서 영원히 퇴임하지 않는다는 것을.

그리고 그 존경은 가르친 이의 손이 아니라, 가르침을 받은 이의 마음에서 흘러나온다는 것을.

3) 장군이 된 제자 – 한 줄의 가르침이 리더를 만든다

예곡초등학교에서 웅변을 가르쳤던 제자가 진해 해군기지에서 사령관으로 근무하고 있었다.

그 무렵 청주에 사는 '청산 친목회' 회원들과 함께 진해를 방문할 기회가 생겼고, 나는 제자의 얼굴을 떠올리며 설레는 마음으로 길을 나섰다.

도착하자 제자가 직접 우리 일행을 반갑게 맞아 주었다. 우리의 방문은 단순한 견학이 아니었다. 준비된 강당 한가운데에는 "이상성 선생님 환영합니다."라는 문구가 큼직하게 걸려 있었고, 좌석은 디근(ㄷ) 자로 배치되어 나와 제자가 마주 앉고 친목회원들이 양쪽에 자리했다.

제자는 일행을 향해 고개 숙여 인사한 뒤 차분히 말했다.

"여러분께서는 오늘 선생님 덕분에 이 자리에 오셨습니다. 이곳은 나라의 중요한 시설들이 많은 곳이니, 견학을 마친 후에는 기억에 남는 장면만 가슴에 담아 가 주시기 바랍니다."

그 말에 회원들은 조용히 고개를 끄덕였고, 나는 속으로 웃으며 생각했다.

'그때 교실에서 웅변을 연습하던 아이가, 이제 국가적으로 중요한 곳을 대표하는 사람이 되다니….'

우리는 해군의 주요 시설들을 차례로 둘러보며 설명을 들었다. 특별히 나는 제자의 안내를 받으며 따로 준비된 차량에 탑승했다. 초소를 지날 때마다 보초병들이 힘찬 목소리로 인사할 때면, 마치 내가 장군이라도 된 듯한 기분이 들었다.

견학 도중 누군가 다가와 내 이름을 부르며 말했다.

"선생님, 기념 촬영을 도와드리겠습니다. 이쪽을 봐 주세요."

나는 안내에 따라 몇 장의 사진을 찍었고, 견학을 마친 후에는 곧바로 액자에 담긴 기념사진을 선물로 받았다.

회원들은 버스를 타고 곳곳을 돌아보았고, 직접 함정에 올라보는 기회까지 얻었다. 그 순간 모두의 어깨가 으쓱해진 것을 느낄 수 있었다.

"이건 평생 못 잊을 경험이야."

그 말이 여러 입에서 흘러나왔다.

견학을 마치고 나오는 길, 회원들은 내게 박수를 보내며 말했다.

"선생님 덕분에 귀한 경험을 했습니다. 이런 기회를 쉽게 얻는 게 아니지요!"

나는 겸손하게 웃으며 답했다.

"교단에 있는 동안 아이들 가슴에 씨앗을 심었더니, 그 씨앗이 이렇게 큰 나무가 되어 이제는 제게 그늘이 되어 주는군요."

스승의 그림자는 제자의 삶 위에서 다시 빛난다

사람의 인생은 예상치 못한 순간에 가장 깊은 울림을 전해 준다. 한때 어린 얼굴로 교실 한쪽에 서서 떨리는 목소리로 문장을 외우던 아이가, 세월의 강을 건너 어느덧 수많은 이들을 이끄는 자리에서 나를 맞이해 주었다. 그 광경 앞에서 나는 알았다. 가르침이란 눈앞의 성적이나 당장의 성취로만 증명되지 않는다는 것을.

오랜 세월 동안 흩어져 있던 작은 말 한마디, 믿음 어린 눈길 하나가 누군가의 삶 속에서 뿌리를 내려, 그 사람의 길을 지탱하는 힘이 되기도 한다. 그리고 그 열매는 스승의 삶을 다시 비추는 빛으로 돌아온다.

그날 내가 받은 환대는 단순한 의전이 아니었다. 그것은 한 인간이 마음속에 간직한 감사가 시간이 흘러 더욱 깊어져 전해진 따뜻한 울림이었다. 내가 교단에서 건넨 작은 불씨가 제자의 삶 속에서 꺼지지 않는 등불이 되어, 다시 내 앞길을 밝혀 주는 순간이었다.

나는 그때 비로소 배웠다. 교사의 길이란 끝없는 씨앗 뿌리기라는 것을. 비록 당장 보이지 않아도, 언젠가 그 씨앗이 자라 누군가의 품성을 이루고, 더 큰 세상을 향해 뻗어 나가며, 마침내 스승의 삶을 다시 감싸 안아 준다는 것을.

그 깨달음은 내게 한 가지 확신을 남겼다. 교사는 교단을 떠나는 날에도 제자의 마음속에서는 결코 사라지지 않는다는 것. 스승의 이름은 기억 속에서 오래 머무르며, 인생의 어떤 순간에는 조용한 위로와 힘이 되어 되돌아온다는 것.

그 진실을 눈앞에서 확인한 나는, 내 인생에서 가장 값진 보답을 이미 받은 셈이었다.

4) 제자의 카메라에 담긴 나의 일생

어느 날, 신문사 사진기자 출신으로 지금은 사진작가로 활동 중인 제자 전대식이 내게 제안을 건넸다.

"선생님의 어린 시절과 청산초등학교에서의 교직 생활을 담은 영상을 제작하여 유튜브에 남기고 싶습니다. 언제든 선생님이 그리워지면 이 영상을 보면 되니까요. 힘드시겠지만 저와 함께 고향을 돌아보시죠."

처음엔 제자의 고생이 먼저 걱정되었다. "촬영과 사진 작업이 얼마나 힘든데, 그걸 하려고 하느냐."고 말하며 주저했지만, 제자의 거듭된 권유와 진심에 마음이 설레기 시작했다.

그렇게 나는 제자 덕분에 기억 속으로 떠나는 과거 여행을 시작하였다.

결과물은 모두 아홉 편의 영상으로 완성되었다. 그 안에는 내가 태어난 고향 봉현리, 교직을 걸어온 시간, 그리고 제자들과 함께 했던 소중한 순간들이 고스란히 담겨 있었다. 매번 자기 차로 청주까지 와 나를 데리고 다니며 현장을 답사하고, 사진과 영상을 촬영한 전대식 제자의 정성과 노고에 나는 진심으로 감사함을 느꼈다.(유튜브 채널명: 진실의소리)

그날의 여정은 단순한 기록을 넘어, 스승과 제자가 함께 만들어 낸 따뜻한 시간의 흔적이었다. 영상 속 장면 하나하나마다 삶의 의미와 기억이 살아 숨 쉬었고, 나는 그 속에서 지난 세월이 남긴 깊은 울림과 제자의 마음을 느낄 수 있었다.

(1) 고향 영동 봉현리

제자와 함께 찾은 내 고향, 영동읍 봉현리는 눈에 들어오는 곳곳마다 어린 시절의 추억이 배어 있었다.

함께 뛰놀던 친구들은 이미 세상을 떠났고, 치매로 옛 이야기를 나눌 수 없는 한 친구만이 남아 있어 세월의 무상함을 더욱 절실히 느끼게 했다.

내가 태어난 집터는 밭으로 변했고, 살던 집은 새로 지어져 대문조차 다른 쪽으로 옮겨 있었다.

식전마다 떨어진 감을 주웠던 감나무는 몇 그루만 남아 있었고, 친구 집으로 향하던 골목길은 막혀 있었다. 어둡고 무서웠던 골목에는 전등이 켜졌고, 엄마들이 모여 잡담을 나누던 우물은 이미 사라진 지 오래였다.

산은 그대로였지만 숲이 울창해져 들어갈 수 없었고, 쉬지 않고 돌아가던 연자방아도 자취를 감췄다.

내가 다녔던 심원초등학교는 벌써 폐교되어 지금은 식당으로 바뀌어 있었다. 식당에서 식사를 하며 주인과 일제시대 때 입술 찢긴 이야기와 그 시절 수 많은 추억을 이야기하자, 주인은 매우 흥미로워했다.

(2) 청산예찬가 비석

청산 지명 1077주년 기념식 날, '청산예찬가'의 작사자로 초청을 받아 장남과 행사에 참석했다. 이날 전대식 제자가 함께하며 행사 장면을 영상으로 남겨 주었다.

특히, '청산예찬가'가 새겨진 커다란 바위 비석 앞에서 청산초등학교 제자들이 힘차게 "청산에 살리라"를 합창하는 장면은 지금도 되돌아보면 가슴이 벅차오른다.

기념식 중 축사를 하던 이시종 도지사님의 사진을 볼 때마다, 청산 면장으로 근무하던 이은승 제자의 세심한 준비와 수완이 새삼 떠오르며 감탄하게 된다.

그날의 기념식은 청산 제자들이 모일 때마다 즐겁게 나누는 추억의 이야기로 남아 있다.

(3) 도덕봉에서의 시조와 교가

도덕봉 정상에 현충탑이 있고, 여기에 내가 쓴 충혼비가 있다.

여기에서는 청산의 전경을 바라보며 시조 한 수를 읊는 장면이 있다.

　　태산이 높다 하되 하늘 아래 뫼이로다
　　오르고 또 오르면 못 오를 리 없건마는
　　사람은 제 아니 오르고 뫼만 높다 하더라

　마침 청산을 방문했던 둘째 동생 상철이 노래를 불러 분위기를 돋우었고, 유동현 교장은 멀리 보이는 속리산 봉우리들의 이름을 일일이 알려 주고, 여동생 상순은 문장대 바위에서 떨어지려던 어린이를 구했던 이야기를 들려주었다.

(4) 청산초 방문

청산초 운동장 화단에는 내가
작사한 교가 기념비와 청산초등
학교 100주년 기념탑에 내가 지
은 축하 글이 새겨져 있다.

40여 명의 학생들이 선생님의
반주에 맞추어 내가 작사한 청산초 교가를 합창하는 장면은 잊지
못할 감동이었다. 학생들도 내가 이 학교 대선배이자 선생님이었
고 교가를 작사하였다는 이야기에 매우 흥미로워했다.

그러나 선생님으로부터 이 학생들이 전교생이라는 이야기를 듣
고 '이대로라면 언젠가 문을 닫을지도 모르겠구나.'하는 걱정으로
마음이 무거웠다.

행사를 마치고 교장 선생님의 안내로 역사관을 둘러보았다. 52
회 앨범 속 수학여행의 흔적을 보니 가슴이 뭉클해졌다. 내가 졸
업한 35회 사진 속 오래전 친구들의 얼굴을 바라보니, 그들의 안
부가 더욱 궁금해졌다.

(5) 수학여행 사고 현장

전대식이 동기인 이창하와 함께 옛 수학여행의 교통사고 현장을
다녀왔다. 당시 사고로 버스가 돌진했던 상점은 사라지고, 그 자
리는 시내버스 정류장으로 바뀌어 있었다.

영상에는 당시 상점 아주머니가 그날의 참혹한 기억을 떠올리며
아직도 다리에 남아 있는 상처를 보여 주는 장면이 담겼다. 떨리

는 목소리로 그녀는 말했다.

"우리 가족 모두 상점 안에 있었다면 모두 죽었을 거예요."

얼마 지나지 않아, 청산초등학교 52회 동기들이 여동생 집에서 스승의 날 모임을 가졌다. 사진작가 전대식, 청산 면장 이은승, 이창하, 유동현, 그리고 예천 백운리로 귀촌한 제자 등 여러 동기들이 함께했다.

뜻밖에도, 안내고개 교통사고로 나를 걱정하며 애태웠던 제자 유윤수가 모습을 드러냈다. 그는 내 허리를 꼭 잡고 눈물을 흘리며 말했다.

"선생님께서는 저에게 아버지나 다름없으셨습니다."

그 순간을 담은 영상을 다시 볼 때마다, 긴급했던 당시의 숨 막히던 순간과 그 안에서 느낀 감사와 안도, 그리고 인간 사이의 깊은 유대가 다시금 마음을 울린다.

 ## 교직의 여정에는 제자들의 삶이 겹겹이 스며 있다

세월은 많은 것을 바꾸어 놓았지만, 제자들과 주고받았던 눈빛과 웃음, 그리고 고향 산천이 품어 준 기억은 여전히 내 마음 깊이 살아 있다.

돌아보니 교직의 길은 단순한 직업이 아니라, 사람과 사람을 이어 주는 다리였음을 새삼 깨닫는다.

사라진 상점과 우물, 잊힌 골목길과 오래전 친구들 속에서도 끝내 남아 있는 것은 결국 사랑과 추억이다.

전대식 제자가 담아낸 영상 속에는 내 교직의 여정과 제자들의 삶이 겹겹이 스며 있었다.

그것은 단순한 회상을 넘어, 교직이라는 길이 다른 이의 삶에 어떤 발자취를 남기는지를 깊이 느끼게 한다.

교직은 곧 사랑이었고, 그 사랑은 제자들의 기억 속에도, 나의 마음속에도, 변치 않고 살아 있음을 나는 깨닫는다.

5) 매년 스승의 날에 찾아오는 제자들

교사 초임 시절, 청산초등학교 글짓기반 출신들과 맺은 인연은 각별했다. 이 제자들은 '글샘'이라는 모임을 만들어 매년 꾸준히 나를 찾아오고 있다. 만나면 언제나 과거의 추억을 이야기하느라 시간 가는 줄 모르고, 웃음과 이야기로 하루가 금세 채워진다.

처음에는 서울에서 모였지만, 내 건강 문제로 지금은 청주에서 모임을 이어 가고 있다. 매년 전국 각지에서 스무 명 남짓의 제자들이 모이며, 양길영 목사의 사회로 다양한 프로그램이 진행된다. 어린 시절의 추억을 되새기며 서로를 격려하고, 마음을 나누는 뜻깊은 자리다.

모임의 경비는 박진권, 양재열, 이용이 제자 등이 후원하고, 회비를 거둬 운영한다. 서울에서 나이트클럽을 운영하는 안영구 제자는 바쁜 일정에도 꼭 찬조금을 보내오고, 멀리 제주도에 사는 이찬희 제자는 자주 안부 전화를 하고 건강선물도 보내곤 한다.

청산 출신 이은승, 김석부 제자도 해마다 잊지 않고 선물을 보내오며, 강원도 인제에 사는 제자도 사과를 보내오곤 한다. 유동현 제자는 행사 때마다 운전을 맡아 헌신적으로 돕는다.

특히 얼마 전 세상을 떠난 이용이 제자는 내게 더욱 특별한 기억으로 남아 있다. 상경할 때마다 식사를 대접하고, 아산병원에 입원했을 때는 문병을 잊지 않았다. 자신의 시집 세 권을 발간하는 과정에서는 내게 도움을 받아 등단할 수 있었다며 늘 고마워했다. 시집이 세상에 나오는 날, 그는 마치 자신의 꿈이 현실이 된 듯 벅찬 감정을 감추지 못하며 나와 기쁨을 나누었다. 또한 충북 글짓기 지도회에 장학금 150만 원을 기탁하며, 문학을 사랑하는 후배들을 위한 마음을 베풀기도 했다.

한벌초등학교에서 인연을 맺었던 제자들도 매년 스승의 날이면 나를 초청한다. 김영동, 정송만, 김남현, 김성곤, 홍순철, 임웅섭, 원경희 제자들은 각자 나름의 정성과 마음을 담아 감동을 전한다. 울산에서 매번 참석하는 홍순철, 전남 광주에서 빠짐없이 오는 임웅섭 제자의 모습은 특히 고마움을 느끼게 한다.

교대부설 출신 이수진은 포항에 거주하면서 친정을 찾을 때마다 나를 찾아와 건강식품을 선물하며 따뜻한 마음을 전한다.

또한 한벌초 제자의 친구이자 전 청주시의원인 박정희 씨는 한벌 제자 모임에서 나에게 큰절을 올린 인연을 이어, 매년 건강식품을 챙겨 보내 준다. 이런 마음 하나하나가, 나에게는 세월을 뛰어넘는 큰 선물로 다가온다.

세상은 변해도, 스승과 제자의 정은 사라지지 않는다

스승의 날이면, 전국 각지에서 모여드는 제자들의 발걸음 하나
하나가 세월이 흘러도 변치 않는 마음의 증표로 느껴진다.

누군가는 정성스러운 선물을, 누군가는 화환을, 또 누군가는 지
난 추억을 담은 이야기 보따리를, 그리고 누군가는 먼 길을 마다
하지 않고 찾아와 그 마음을 전한다.

나는 그 순간마다, 내 삶이 교직이라는 다리 위에서 제자들과
이어져 있었음을, 그리고 그 다리가 여전히 흔들림 없이 이어지고
있음을 깊이 실감한다.

비록 내가 이 세상을 떠난다 해도, 제자들의 정성과 사랑은 내
영혼 속에 오래도록 남아 끝없이 기억될 것이다.

스승의 날은 단순한 기념일이 아니라, 시간과 세월을 넘어 사랑과 정이 다시금 이어지는 날임을, 나는 매번 절실히 느낀다.

5부
—

세월이 준
삶의 가르침

후손에게 남기는 말

이제 삶의 마지막 페이지를 향해 걸어가는 이 시점에서, 나는 살아오며 깨달은 것들을 조용히 정리해 보고자 한다.

이는 나의 후손들에게, 또 이 땅을 살아가는 이들에게 남기는 작지만 진심 어린 유산이다. 삶의 길을 먼저 걸어 본 사람으로서, 후손에게 전하는 따뜻한 조언이 되기를 바란다.

1) 근면, 성실 그리고 건강 − 삶을 지탱하는 단단한 기둥

인생을 살아가는 데 거창한 이력이나 눈부신 성취가 반드시 필요한 것은 아니다. 세상이 말하는 성공이 무엇이든, 결국 삶을 가장 멀리까지 이끄는 힘은 단순하고 소박한 가치들 속에서 나온다.

매일 아침 한결같이 일어나 하루를 성실히 채우는 일, 맡은 바를 묵묵히 수행하는 책임감, 그리고 무엇보다도 건강을 지키려는 꾸준한 마음. 이 세 가지는 나의 평생을 지켜 준 가장 단단한 기둥이었다.

근면은 나를 일으켜 세웠고, 성실은 나를 믿음직하게 만들었으며, 건강은 그 모든 것을 지속시켜 주었다.

이 세 가지를 지키며 묵묵히 걸어온 삶에는 작지만 단단한 평온과 보람이 깃든다.

나는 여전히 믿는다. 삶의 진정한 성공은 특별한 것이 아니라, 오늘을 정직하게, 몸과 마음을 아끼며 살아가는 데 있다고.

2) 결혼, 평생의 기쁨과 평화를 함께 키워 갈 뿌리를 내리는 일

사람의 삶에는 수많은 갈림길이 있지만, 그 중에서도 결혼은 가장 깊고 긴 길을 함께 걸어갈 동반자를 선택하는 순간이다. 좋은 배우자를 만난다는 것은 단지 좋은 인연을 얻는 것이 아니라, 평생의 기쁨과 평화를 함께 키워 갈 뿌리를 내리는 일이다.

가정은 인생의 가장 소중한 터전이며, 그 중심에는 사람과 사람 사이의 믿음과 존중이 자리한다. 믿음이 견고할 때 집안은 화목해지고, 대화는 깊어지며, 자녀들은 자연스레 사랑을 배운다.

배우자를 선택할 때는 외적인 조건보다 마음의 결을 먼저 살펴야 한다. 그 사람이 진심으로 함께 울고 웃을 수 있는 사람인지, 어려운 날에도 등을 맡길 수 있는 사람인지, 우리 가문의 정서와 조화를 이룰 수 있는 사람인지를 헤아려야 한다.

결혼은 나만의 선택이 아니다. 그 사람과 맺는 인연이 앞으로 가문의 얼굴이 되고, 자녀들의 삶을 지탱하는 기둥이 되기 때문이다.

사랑은 순간에 피어나지만, 함께 살아가는 일은 오랜 인내와 배려로 완성된다. 누구와 그 여정을 걷는가가 결국 삶의 무늬를 결정짓는다.

3) 가족, 우애와 화합이 중요하다

진정한 화합은 소리를 높이지 않아도 서로를 알아듣는 마음에서 시작된다. 바라보는 방향이 조금 달라도, 간격이 조금 벌어져도 걸음을 맞추기 위해 서로의 속도를 조율하는 것, 그것이 함께 사는 이들의 고운 지혜다.

가정이라는 작은 우주는 서로 다른 별들이 부딪히지 않도록 돕는 법을 배우는 공간이다. 양보는 자기 빛을 조금 낮추는 일이지만, 그 덕에 집 안이 더 따뜻하게 밝아진다.

협조는 먼저 손을 내미는 용기이며, 누군가의 빈자리를 조용히 채워 주는 사랑이기도 하다.

화합 없는 집은 햇살 없는 아침과 같고, 기대 없는 저녁과 같다. 하지만 서로를 믿고 아끼는 집은 작은 밥상 하나에도 웃음이 피고, 바람 부는 날에도 서로의 등이 바람막이가 되어 준다.

가장은 그 중심에 서 있는 등불과 같고, 부모는 길 위의 이정표와 같다. 그들이 보여 주는 모범은 자손의 마음에 '함께 살아간다.'는 믿음을 심어 준다.

가족이란 결국 내 편이 되어 줄 마지막 사람들의 이름이다. 그 이름 아래 마음을 모아 살 때, 인생은 비로소 가장 깊은 평화를 얻는다.

화합, 그것은 우리가 언제나 돌아가야 할 가장 따뜻한 시작이다.

4) 조국, 이웃, 나를 사랑하는 마음을 가슴에 품고 살아가거라

나라를 위한 마음은 때로 목숨보다 귀한 용기로 드러난다. 민족이 위기에 처할 때, 한 방울의 피라도 아끼지 않는 사람이 진정한 나라의 아들이며 딸이다.

이웃을 위한 마음은 눈물로 전해진다. 타인의 고통 앞에 외면하지 않고, 함께 아파할 줄 아는 따뜻한 사람이야말로 세상을 살 만하게 만드는 사람이다.

그리고 나 자신을 위한 삶에는 성실한 땀방울이 맺혀야 한다. 누구보다 부지런히 자신을 갈고 닦고, 하루하루를 충실히 사는 사람이 결국 가장 멀리 간다.

내가 살아온 날들의 끝에서 후손들에게 꼭 전하고 싶은 삶의 태도다. 세 가지 마음을 가슴에 품고 살아가거라.

조국을 위해, 이웃을 위해, 그리고 너 자신을 위해.

5) 국민에게 지탄받는 정치인은 되지 말라

사람 위에 사람 없고, 사람 밑에 사람 없다. 모든 공직은 국민으로부터 비롯되며, 그 신뢰 위에서만 존속할 수 있다. 아무리 높은 자리에 올랐더라도, 국민의 마음에서 멀어지는 순간, 그 권력은 허공에 흩어지고 만다.

권력은 잠시이지만, 그 자리에서의 언행과 판단은 오랜 시간 사람들의 기억 속에 남아 명예를 만들기도, 때로는 오명을 남기기도 한다.

정치란 결국 사람의 일이다.

국민 한 사람, 한 사람의 삶을 어루만질 줄 알아야 하고, 그들의 눈물과 한숨을 외면하지 않아야 한다. 개인의 안위보다 공동체의 정의를 위해 말하고 움직일 수 있어야 한다.

나는 간절히 바란다. 우리 후손들 가운데 누구도 국민에게 손가락질 받는 자리에 서는 일이 없기를.

어떤 길을 걷더라도, 떳떳하고 바른 마음으로 삶을 책임지는 사람으로 살아가길. 사람의 이름은 권력이 아니라, 삶의 태도 위에 세워져야 한다.

6) 가문의 전통은 계승하고, 더욱 빛내야 한다

가문이 이어 온 정신과 전통은 그 자체로 소중한 자산이다. 그 안에는 정직과 근면, 서로를 아끼고 더불어 살아가는 지혜가 담겨 있다. 이 정신은 세월이 흘러도 바래지 않는 등불처럼, 삶의 길을 밝혀 주는 힘이 된다.

전통을 계승한다는 것은 단순히 과거를 기억하는 일이 아니다. 일상의 작은 태도 속에, 사람을 대하는 마음가짐 속에, 우리가 물려받은 가치를 담아내는 일이다.

나는 후손들이 이 전통을 깊이 새기고, 각자의 삶에서 더 따뜻하고 단단하게 이어 가기를 바란다.

말보다 행동으로, 형식보다 마음으로 우리 가문의 품격을 오늘의 삶 속에서 지켜 나가야 한다. 그렇게 할 때, 우리가 이어 온 시간들은 단순한 과거가 아니라 앞으로 나아갈 길 위의 든든한 뿌리가 되어 줄 것이다.

7) 가족의 전통 '정운회'를 잘 이어 가라

정운회는 우리 가족 모두가 함께 이어 가야 할 소중한 뿌리이다. 조상 없는 사람이 없듯, 자신의 뿌리를 부정할 수는 없다.

인고의 세월을 성실히 살아오며 후손들에게 모범을 보여 주신 이정우, 여운임 선조의 정신을 항상 기억하라.

1987년에 만들어져 오랜 세월 이어지며 우리나라를 대표하는 가족 모임으로 '한국의 좋은 가정'에 선정되고, 언론에 소개될 만큼 그 가치와 의미를 인정받은 정운회는, 전통을 계승하면서도 시대에 맞는 운영으로 미래를 열어 가야 한다.

회장이 중심을 잡고, 모든 회원이 참여와 화합으로 힘을 모을 때 정운회의 내일은 더욱 밝아질 것이다.

가정이든 모임이든, 서로에 대한 존중은 질서의 바탕이 되고, 책임감은 신뢰의 기둥이 된다. 서로의 자리와 역할을 이해하며 마음을 다할 때, 우리 가문은 더욱 한마음으로 앞으로 나아갈 수 있다.

8) 매년 하는 '정운수련회'는 계속하도록 해라

정운 수련회는 단순한 가족 행사가 아니다. 형제자매가 손을 맞잡고, 조카들이 웃으며 어우러지는 그 자리에서 우리는 '가족'이라는 이름을 되새기며, 다시 단단해진다.

정운 수련회는 정운회의 뿌리이자 심장과 같다.

세대가 바뀌고 형식이 달라지더라도, '함께 모여 웃고 나누는 시간'만큼은 어떤 이유로도 사라져서는 안 된다.

이 자리가 이어질 때, 우리는 서로의 이름을 기억하며 같은 울타리 안에서 살아간다는 따뜻한 확신을 품을 수 있다.

9) 청주 목련공원 가족묘를 잘 관리해라

청주 목련공원 가족 묘역은 단순한 묘지를 넘어서는 의미를 지닌다. 그곳은 우리 가족의 뿌리가 고요히 숨 쉬는 자리이자, 오랜 세월을 살아온 선대들의 숨결이 정갈하게 깃든 곳이다.

이름 없이 살아간 이들의 삶에도 말없이 지켜 낸 신념이 있고, 소리 없이 물려준 사랑이 있다. 그 모든 기억과 이야기가 저 언덕 아래 평온히 잠들어 있다.

묘역을 정성껏 돌보는 일은 선대를 향한 예를 지키는 동시에, 후대를 향한 마음을 준비하는 길이다. 앞으로의 시간을 생각하며 가족 묘역의 자리를 더 마련해 두는 일 또한 중요한 책임이다.

자손들도 그 뜻을 이어받아, 우리 가문의 자취가 세월 속에 희미해지지 않도록 정성을 다해 주기를 바란다.

10) 종교생활을 해 보아라

사람은 누구나 살아가며 마음이 흔들릴 때가 있다.

삶의 길이 늘 곧게만 뻗어 있지 않기에, 우리는 때로 유혹 앞에 서고, 갈등 속에서 흔들린다. 그럴 때 마음을 조용히 붙들어 줄 수 있는 것이 있다면, 그것이 바로 '신념'이고 '믿음'이다.

나는 종교를 단순히 신에 대한 기도의 삶으로 보지 않는다. 그 것은 자신의 내면을 지키는 굳건한 약속이며, 세상을 살아가면서 양심의 소리를 놓치지 않게 해 주는 길잡이 역할을 한다.

무엇을 믿느냐보다, 어떤 마음으로 믿고 어떻게 살아가는지가 더 중요하다.

마음속에 작은 촛불 하나 켜 둘 수 있다면, 그 빛은 인생의 어두운 길목에서도 조용히 길을 비춰 주는 등대가 될 것이다.

일촉십훈(一燭十訓)

"촛불 하나가 밝히는 것은 어둠이 아니라, 그 안에 숨겨진 희망이다."

평생을 살아오며, 몸으로 겪고 마음으로 다져낸 인생의 열 가지 가르침을 너희에게 전하고자 한다.

그 가르침들이 너희 앞길을 비추는 작은 촛불이 되어, 삶의 갈림길마다 희망의 길잡이가 되어 주길 바란다.

1) 애국하는 사람 – 나라를 잊지 않는 마음

애국은 결코 특별한 사람들만의 몫이 아니다.

깃발 앞에 선 순간만이 아니라, 매일을 살아가는 마음속에 깊이 새겨진 뿌리다.

세금을 성실히 내는 것, 자신의 일을 정직하게 감당하는 것, 작은 일 하나에도 부끄러움 없이 살아가는 태도. 이 모든 것이 나라를 사랑하는 길이다.

진정한 애국은 이 땅을 물려받은 사람으로서 다음 세대에게 더 나은 세상을 건네 주려는 마음에서 비롯된다.

우리가 누리고 있는 자유와 평화가 수많은 이름 모를 이들의 희생 위에 세워졌음을 잊지 말자. 그 기억을 품고 살아가는 마음, 그 것이야말로 조국을 사랑하는 사람의 진짜 얼굴이다.

2) 꿈이 있는 사람 − 현실의 어려움을 쉽게 이겨 내는 나침반

살다 보면, 현실이라는 이름의 벽이 자꾸만 앞을 가로막는다. 때론 고단함이 등을 누르고, 때론 세상이 너무 낯설고 차갑게 느껴지기도 한다.

그러나 그 모든 시간을 견디게 해 주는 단 하나, 그것이 바로 '꿈'이다.

꿈은 눈앞에 닿지 않아도 우리의 발걸음을 앞으로 이끌어 주고, 넘어졌을 때 다시 일어나게 하고, 어디로 가야 할지 잊었을 때 다시 방향을 가리켜 주는 마음속 나침반이다.

크고 원대한 꿈이 아니어도 좋다. 아침에 눈을 뜨게 하고, 하루를 기대하게 만들고, 밤하늘을 바라보게 하는 그런 작고 따뜻한 꿈이면 충분하다.

나는 너희가 그 꿈을 꺾지 않기를, 세상의 바람 앞에서도 꺼뜨리지 않기를 바란다. 그 작은 불빛 하나가 너희의 길을 밝히고, 삶을 단단히 지켜주는 등불이 되어 줄 테니까.

바라건대 내가 남긴 이 이야기들이 그 불빛 곁을 지키는 조용한 바람막이가 되어 주기를 바란다.

3) 창의적인 사람 – 낯선 생각을 두려워하지 않는 용기

창의성은 특별한 재능에서 비롯되지 않는다.

오히려 익숙한 것을 낯설게 바라보고, 당연한 것에 '왜?'라는 물음을 던질 줄 아는 용기에서 시작된다.

남들이 모두 걷는 길이 아닌, 스스로의 길을 찾아 나설 수 있는 용기. 그 길이 때론 낯설고 고단할지라도 그 안에는 누구도 보지 못한 가능성이 숨어 있다.

틀에서 벗어날 줄 아는 마음, 고정된 답을 넘어서 새로운 질문을 품을 줄 아는 자세. 바로 그 태도가, 너희 삶의 지평을 넓혀줄 가장 든든한 날개가 되어 줄 것이다.

4) 실수를 인정할 줄 아는 사람 – 틀렸음을 수용하는 용기

사람은 누구나 실수한다.

삶은 완벽한 사람이 걷는 길이 아니라, 실수를 인정하고 다시 일어서는 사람이 걸어가는 길이다.

진정으로 성장하는 이는 자신의 틀림을 부끄러워하지 않고, 오히려 그것을 통해 더 깊어지고 넓어지는 사람이다. 자존심보다 진실을 택하고, 고집보다 배움을 택할 줄 아는 사람, 그런 사람만이 진짜 어른이 될 수 있다.

남의 말에 귀 기울일 줄 알고, 조언을 들을 때 마음이 닫히지 않는 사람. 스스로의 부족함을 외면하지 않고, 조용히 받아들여 그것을 새로운 시작점으로 삼는 사람.

그 안에는 겸손이라는 이름의 강인함이 자란다.

나는 너희가 늘 옳으려 애쓰기보다, 때로는 틀렸음을 인정할 줄 아는 성숙하고 따뜻한 사람이 되어 주길 바란다.

실수를 두려워하지 말고, 그 안에서 배움을 찾는 용기를 잃지 말길 바란다.

5) 개방적인 사람 - 다름을 품어, 마음이 넓어지는 지혜

세상은 네가 아는 것보다 훨씬 넓고, 네가 옳다고 믿는 것과는 전혀 다른 진실도 있다. 진정 지혜로운 사람은 자신의 생각만 고집하지 않고, 낯선 생각 앞에서 문을 닫지 않는 사람이다.

개방적이라는 것은 모든 것을 무분별하게 받아들이는 게 아니다. 그보다는 자신과 다른 목소리에 귀 기울이고, 다른 방식의 삶을 배척하지 않으며, 그 다름을 통해 스스로를 더 단단하게 만드는 일이다.

다른 이의 말을 끝까지 들어 주는 사람, 다른 문화를 낯설어 하지 않는 사람, 생각이 다른 사람 앞에서 자신의 울타리를 조금씩 넓혀 가는 사람, 그런 이가 결국 세상을 품을 줄 아는 사람이다.

너희도 그렇게 살아가기를 바란다.

편견이 아닌 이해로, 두려움이 아닌 호기심으로 삶의 지평을 넓혀 가는 사람이 되기를 바란다.

6) 다정한 사람 - 말보다 마음이 먼저 다가가는 부드러움

사람의 마음을 움직이는 건 크고 요란한 말이 아니라, 한마디 다정한 말에서 시작된다.

살다 보니 알겠더구나. 무심코 던진 말 한마디가 누군가의 하루를 무너뜨리기도 하고, 또 다른 하루를 다시 일으켜 세우기도 한다는 걸.

다정함은 약함이 아니다. 진심을 가진 사람만이 조용히, 부드럽게 말할 수 있는 법이다.

다정한 사람의 곁에는 언제나 사람들이 머문다. 그의 말은 오래도록 기억에 남고, 그의 마음은 따뜻한 바람처럼 퍼져간다.

말보다 마음이 먼저 가 닿는 사람이 되어라.

그런 이가 이 세상을 가장 밝게 비추는 사람이다.

7) 친절한 사람 – 작은 배려를 아끼지 않는 따뜻함

친절은 거창한 미덕이 아니다.

먼저 문을 열어 주는 손, 피곤한 얼굴을 향해 건네는 조용한 미소, 길을 잃은 어르신에게 시간을 내주는 마음. 그렇게 작은 몸짓에서 시작된다.

누군가의 하루가 나의 작은 친절 하나로 가벼워질 수 있다면, 그것이야말로 아름다운 일이다. 친절은 남을 위한 행동하는 것처럼 보이지만, 사실은 나 자신을 더 따뜻하게 빛내는 일이기도 하다.

세상은 그 작은 친절에 물들어 조금씩 따듯하게 변해 간다.

사람은 결국, 자신이 받은 만큼만 친절을 베풀 수 있다. 그러니 먼저 손 내밀고, 먼저 다가가고, 먼저 따뜻해지는 사람이 되어라. 그렇게 살아가는 삶은, 절대 외롭지 않다.

8) 편안한 사람 - 곁에 머무는 것만으로도 위안이 되는 사람

사람 곁에 있을 때 묵묵히 마음이 놓이고, 조용히 숨이 깊어지는 이들이 있다. 그들은 많은 말을 하지 않고, 무언가를 가르치려 들지도 않지만 그 존재만으로 주위의 공기를 부드럽게 바꾸어 놓는다.

편안한 사람은 말보다 눈빛으로 공감하고, 충고보다 침묵으로 기다려 주며, 비판 대신 따뜻한 이해로 다가온다. 그 곁에 있으면 자기 자신도 조금 더 나은 사람이 되고 싶어진다.

인생을 살며 곁에 오래 남는 사람은 반짝이는 말솜씨보다 조용히 옆에 있어 준 사람이다. 너희도 그런 사람이 되어라.

누군가의 마음이 너로 인해 쉬어 가고, 네 곁에서 다시 살아갈 용기를 얻는다면, 그것만으로 너의 삶은 이미 누군가에게 커다란 선물이다.

9) 의리 있는 사람 - 끝까지 곁을 지키는 존재

살아 보니 말로는 쉬운 약속이 시간 앞에서 얼마나 쉽게 무너지는지 참 많이 보게 되더구나. 정작 어려운 날에는 곁을 지키는 이보다 등을 돌리는 이가 더 많은 법이다.

의리는 화려한 말이 아니다. 끝까지 믿고 기다려 주는 마음이고, 흔들릴 때 붙잡아 주는 손길이다.

진정한 의리는 쉽게 떠나지 않고, 고난 속에서도 손을 놓지 않으며, 내 편이라는 말을 굳이 하지 않아도 행동으로 보여 주는 것이다.

너희도 누군가의 인생에서 "그 사람은 마지막까지 내 곁을 지켜 준 사람이었다."라는 의미 있는 존재로 기억되기를 바란다.

10) 협동하는 사람 – 함께하는 힘을 믿는 사람

혼자 잘하는 것도 의미가 있지만 함께 잘해 내는 일은 더 소중하고, 더 오래 남는다. 협동이란 서로를 이기려는 싸움이 아니라, 함께 이겨내려는 마음의 길이다.

협동하는 사람은 자신의 몫을 알고, 다른 이의 몫도 귀히 여긴다. 스스로 앞서기보다, 누군가의 손을 잡고 같이 걸어가는 법을 아는 사람이다.

세상은 늘 경쟁을 말한다. 하지만 내가 살아 보니, 진짜 큰 일은 혼자가 아니라 누군가와 함께 만든 결과였고, 진짜 아름다움은 혼자가 아니라 모두가 함께 어우러진 모습이었다.

함께 땀 흘린 기억은, 늘 따뜻한 추억이 되어 돌아온다.

너희도 그런 협동의 기쁨을 삶 속에 오래 간직해 주었으면 한다.

이 열 가지 마음은 내가 살아오며 천천히 그러나 깊이 깨달아 온 삶의 이정표 같은 이야기들이다.

너희가 언젠가 어디로 가야 할지 망설이게 될 때, 이 중 하나라도 가슴에 품고 그 자리에 잠시 멈추어 생각해 보기를 바란다.

사람은 늘 정답을 찾으며 살지만, 정작 삶을 따뜻하게 비추는 건 그 답이 아니라, 그 길을 걸어가는 태도와 과정이라는 걸 알게 되었다. 이제는 그 마음들을 너희만의 방식으로 되새겨보며 살아가기를 바란다.

그리고 언젠가 또 다른 누군가에게 새로운 방식으로 조용히 전해 줄 수 있기를 바란다. 그렇게 우리의 삶은 이어지고 이 마음들은 더욱 깊어질 것이다.

내 삶에 담긴 모든 진심이, 언젠가 너희 마음에 가 닿기를 바란다. 내가 곁에 없을지라도 언젠가 이 말들이 너희 삶의 길 위에 하나의 꺼지지 않는 촛불이 되어 주기를 바란다.

에필로그

"이야기는 끝났지만, 삶은 계속된다."

이 자서전을 마무리하며, 나는 비로소 내 인생을 다시 한 번 돌아본 기분이 든다.

감나무 아래의 어린아이, 보국대의 '애기', 첫 교실 앞에 선 젊은 교사, 그리고 지금의 나 자신까지, 그 모든 나를 껴안아 보는 시간이기도 했다.

살면서 나는 수많은 선택을 했다. 어떤 선택은 나를 힘들게 했고, 어떤 선택은 나를 성장하게 했다. 그 과정 속에서 나는 매일 배우고, 매일 나 자신을 다시 써 내려가며 살았다.

돌이켜보면 내 삶은 찬란한 업적이나 화려한 성공의 연속이 아니었다. 그보다는 매 순간을 정직하게 마주하며, 하루하루를 묵묵히 살아낸, 평범하다면 평범했던 한 사람의 여정이었다.

나는 아이들을 가르치려 했지만, 결국 나를 가르친 건 아이들이었고, 가정을 이끌고자 했지만, 내 삶을 지탱해 준 건 가족이었다.

나를 움직이게 한 것은 욕망이나 경쟁이 아니라, 사람과 사람

사이의 작고 진심 어린 마음이었다.

어떤 시대든 삶의 본질은 변하지 않는다.

스스로에게 정직하고 부끄럽지 않게 살아갈 것, 그리고 누구에게도 아픔을 남기지 말고 사람답게 살 것.

이 단순한 진리만 잊지 않는다면, 충분히 값지고 아름다운 삶이 될 것이다.

이제 나는 펜을 내려놓는다.

하지만 이 책을 덮는 순간, 마음속에 무언가 남아 또 다른 싹을 키우기를 바란다.

'나의 작은 도전이 세상을 조금 더 따뜻하게 만들 수 있다.'는 용기,

'진실하게 살아온 날들은 언젠가 반드시 빛을 발한다'는 믿음,

그리고 '진심으로 전한 마음은 결국 돌아온다'는 인과의 법칙을.

모두의 하루하루가 또 하나의 감동적인 자서전이 되기를 바라며, 할아버지였고, 아버지였으며, 남편이었던 이상성이라는 이름으로 살아온 한 사람의 삶을 이 책으로 남긴다.

ⓒ 이상성, 2026

초판 1쇄 발행 2026년 1월 29일

지은이   이상성
펴낸이   이기봉
편집   좋은땅 편집팀
펴낸곳   도서출판 좋은땅
주소   서울특별시 마포구 양화로12길 26 지월드빌딩 (서교동 395-7)
전화   02)374-8616~7
팩스   02)374-8614
이메일   gworldbook@naver.com
홈페이지   www.g-world.co.kr

ISBN   979-11-388-5321-7 (03810)

• 가격은 뒤표지에 있습니다.
• 이 책은 저작권법에 의하여 보호를 받는 저작물이므로 무단 전재와 복제를 금합니다.
• 파본은 구입하신 서점에서 교환해 드립니다.